나이 듦의
신세계

나이 듦의 신세계

ㄷㄷ°

목차

CHAPTER 5 백년을 살았어도 아이처럼

CHAPTER 6 사색이 가져다주는 나이 듦의 신세계

CHAPTER 7 살면 살수록 결국은 사랑

당신을 향한 조언, 하나 더

EPILOGUE

추천의 글

'늙는 것도 서러운데……' 조선 선조 때 송강 정철이 지은 훈민가에 이런 구절이 나온다. 나이 드는 것은 자연스러운 일이지만, 그럼에도 서러운 이유는 '더 이상 나를 필요없다'고 여기는 외적, 내적 취급 때문이다. 이 책은 저자가 경험한 나이 듦의 당혹스러움, 외로움에 관한 이야기로 시작한다. 그리고 사랑의교회에서 교역자로 일하며 얻은 경험과 심리상담센터에서 만난 내담자들의 실제 사례를 소개하며 수많은 중장년에게 행복한 노년의 조건을 제시한다. 눈이 침침해지고 몸 이곳저곳이 불편해진다면, 또 옛 추억에 젖어 눈시울을 붉힌다면, 당신은 나이 듦을 준비해야 하는 시기다. 지혜롭게 나이 들어가고 싶다면 이 책이 절실히 필요하다.

— 홍성환
이천신하교회 담임 목사

몇 해 전 『90년생이 온다』라는 책이 큰 관심을 모았다. 대한민국을 굳건하게 만드는 허리와 같은 존재가 우리 청년들이니 관심이 높을 수밖에 없었다. 청년들의 생각을 기성세대가 이해하고 세대 간 간극을 줄이려는 노력이 필요하다는 데 많은 분이 공감했다. 그런데 우리가 주목해야 할 또 한 축의 세대가 있다. '뉴그레이' 바로, 은퇴를 앞둔 세대다. 고령화가 빠르게 진행되며 우리 사회에서 가장 높은 비율을 차지하는 뉴그레이 세대에 우리는 주목해야 한다. 『나이 듦의 신세계』는 뉴그레이 세대인 저자가 중장년에게 전하는 솔직하고 다정한 선배의 조언이다.

—— 이정훈
책과강연 대표 기획자

저자는 은퇴 이후 자신이 운영하는 심리상담센터에서 다양한 내담자를 만나며, 가족과 여유로운 시간을 보냈다. 또한 틈틈이 사색한 뒤 매일 한 장, 한 장 '성숙한 나이 듦'에 관한 글을 써내려갔다. 사유와 사색을 통해 나이 듦의 가치를 발견했다. 나는 교회에서 저자를 목회자로, 제자 훈련 스승으로 만났다. 한결같은 사랑으로 나를 비롯해 많은 이를 대했던 저자, 이 책은 저자의 학식과 연구의 결과일 뿐 아니라 상담자로, 아내로, 어머니로, 할머니로, 교역자로 일하며 얻은 실질적인 경험을 담았다. 독자는 이 책을 읽으며 다정하게 다가와 따뜻하게 위로하는 저자의 목소리를 들을 수 있다.

—— 전용순
가천대학교 의과대학 학장

어느덧 예순을 바라보는 나이, 가끔은 나이 듦이 당황스럽게 느껴진다. 그래서 자꾸 지난날을 돌아보고 살피게 된다. 『나이 듦의 신세계』는 많은 중장년이 가지고 있지만 들키기 싫어하는, 노년의 삶에 대한 불안을 솔직하게 짚어준다. 중장년이 희망찬 미래를 그릴 수 있게 구체적인 조언을 해준다. '백 년을 살아도 아이처럼 살라', '살면 살수록 결국은 모든 것이 사랑으로 귀결된다'는 저자의 말에 우리는 무릎을 치게 된다. 이 책에서 제시하는 사유의 가치에 대해 누구나 한 번쯤 고민해보았으면 한다. 세상을 향한 인문학적 성찰이 가능하고 우리 삶을 보다 깊이 있게 돌아볼 수 있는 계기가 될 것이다.

—— 박삼열
사랑의교회 평신도 훈련부 담당 목사

이웃을 돕고 상담하며 끊임없이 내적 성찰을 반복했던 저자, 이 책에는 한평생 행복하고 아름다운 일을 해나가며 저자가 얻었던 인생 지혜가 담겨 있다. 그렇기 때문에 마음을 담아 한 글자, 한 글자 풀어나간 노년의 사유가 주옥같이 아름답다. 저자가 고백한 삶의 정수와 사유의 결과물이 조금씩 나이 들어가는 수많은 독자에게 희망의 길을 열어줄 것이다. 각 챕터의 에피소드에 담긴 꿈과 희망, 그리고 인생 지혜가 삶에 지친 이들에게 한 줄기 빛으로 다가올 것이다.

— 여한구
수도국제대학원대학교 상담복지학과 교수
&한국상담전공대학원협의회 이사장

✳

PROLOGUE

나이 들어가는 모든 이에게 보내는 편지

은퇴 이후의 삶도 전과 다르지 않을 거라고 생각했다. 열심히 사회활동을 하며 활기찬 일상을 보낼 거라고 여겼다. 하지만 은퇴 다음날부터 내 예상이 틀렸음을 알았다. 매일 가던 직장을 가지 않고 집에 머무는 시간이 늘어나면서 마음은 혼란스러워졌다. 게다가 은퇴 당시 사회적 거리두기로 인해 가족과 친구를 만나는 일까지 눈에 띄게 줄었다. 일도 하지 않고 사람도 만나지 못하고, 인생에 쉼표가 아닌 마침표를 찍은 기분이었다.

돌이켜보면 누구보다 열정적인 30~40대와 안정적인 50대를 보냈다. 수십 년 동안 수많은 사람을 만나고 상담하며 사람과 인생에 관한 이해도 넓혔다. 그렇다면 60대는 조용히 집에 머무는 때여야 할까? 하지만 아무리 생각해도 노년의 시간은 길었다. 사회와의 단절은 나를 우울하게 만들 게 분명했다. 나는 노년의 삶에 대해 고민하다 구체적으로 앞날을 계획하기 시작했다. 계획에 맞춰 심리상담센터를 열었고 다양한 사연을 가진 내담자를 만났다. 가족, 친구들과 웃고 떠들며 여유로운 시간을 보내기도 했다. 무엇보다 혼자만의 시간 속에서 사색했다. 틈틈이 갖는 사색의 시간은 은퇴 이후에 생긴 습관이다.

은퇴 이후 혼자 있는 시간이 많아지면서 새롭게 깨달은 바가 있었다. 그동안 다른 사람의 내면만 들여다봤을 뿐 내 내면에 대한 깊이 있는 고찰이 없었다는 사실. 오랜 시간 쌓아온 심리상담 지식과 인생에 대한 나만의 철학을 글로 정리해두지 못했다는 점. 그래서 펜을 들었다. '성숙하게 나이 들어간다는 것은 무엇일까?' 깊이 사유한 뒤 이에 대해 매일 한 장 한 장 정리해가다 보니 자연스럽게 노년을 어떻게 살아야 할지 방향이 잡혔다.

젊은 시절 속도와 경쟁에 초점을 맞춰 인생을 살았다면 노년에는 다양한 사람과 어울리기 위해 노력해야 했다. 원만한 인간관계를 가지려면 서로 다름을 이해하고 타인을 존중하는 자세가 필요했다. 물론 쉽지 않다. 나 역시 40여 년 결혼생활을 했지만 남편과 내가 다른 취향과 습관, 가치관을 가지고 있음에 여전히 당황하곤 한다. 아마 분주하게 살아온 세월 탓일 것이다. 많은 시간 함께했는데도 여전히 그를 이해하고 받아들이는 훈련이 필요했다. 이를 해결하는 방법 중 하나는 '우리는 부부이기 전에 각각의 인격체'라는 사실을 떠올리는 것이었다. 그리고 '그동안 몰랐던 남편의 매력을 더 알아갈 수 있는 기회'라고 위안을 삼았다.

이 책은 자신의 삶을 돌아보고자 하는 중년, 은퇴를 앞두고 삶의 방향을 다시 찾고 싶은 준고령자, 나이 먹으면서 자신의 정체성에 혼란을 느끼는 사람들을 위한 이야기로 채워졌다. 60여 년 살아가며 했던 고민과 나만의 해결책, 수많은 사람을 만나고 상담하며 깨달은 인생철학을 꼼꼼히 정리해나갔다.

책 속에 소개된 에피소드가 바쁘게 사느라 숨 고를 시간조차 없었던 중장년들에게 자신의 삶을 사유하고 책임지고 사랑할 수 있는 계기가 되기를 바란다.

CHAPTER 1

고통이 인생의 웅덩이가 되지 않게 하라

불행을 직시할 때 비로소 아픔을 이겨낼 수 있는 힘이 생긴다.
미래를 향해 나아가야 하는 이유를 발견한다.
'나에게만 왜?'가 아닌 '어떻게 해결할까?'를 질문하며 살아가자.

그동안
수고하셨습니다

60세가 되던 그날을 잊을 수가 없다. 함께 일해 왔던 동료, 후배들이 수고했다며 내 품에 작별의 꽃다발을 안겨주었다. 화기애애한 분위기였지만 나는 왠지 모르게 기분이 씁쓸했다. 수십 년간 일했던 곳에서 은퇴한다는 사실이 후련하기보다 막막하게 느껴졌다. 마지막 퇴근을 하고 집으로 돌아오는 길 차안에서 이런 저런 걱정이 스쳤다.

'당장 내일부터 무얼 해야 하지? 계속 사람들을 만나 상담하고 도움을 줄 수 있을까?'

생각이 거듭될수록 은퇴가 내 인생 하나의 사건이 아닌 불행으로 다가오고 있었다. 백세시대로 평균 수명이 늘어난 것을 고려해본다면 아직 살아야 할 날들이 많이 남아 있었다. 그러나 앞으로 몸은 점점 쇠약해지고 사회적 입지는 좁아질 게 분명했다. 남은 세월을 알차고 보람되게 보낼 수 있을 거란 확신이 없었다.

남편이 내 어두운 낯빛을 보곤 마무리는 잘 하고 왔냐며 말을 건넸다. 나는 "마무리랄 게 뭐 있나"라고 짧게 답했지만 남편은 무언가 눈치 챈 듯 한마디 했다.

"좋게 생각해. 내일부터 새롭게 시작한다고."

무심하게 던진 남편의 말 한마디가 가슴에 물결을 일으켰다. 얼마 전 읽었던 신문기사가 생각났다. 90세 넘어 검도를 시작해 유단자가 됐다는 한 할아버지의 인터뷰. 그는 한국 검도계에 새로운 역사를 써내려가겠다는 의지로 가득했다. 기사를 읽으며 노력한다면 노년의 삶도 충분히 열정과 활기로 가득할 수 있음을 느꼈다.

결국 인생의 행복과 불행은 세상을 바라보는 시각에서 비롯됐다. 나는 그동안 교회에서 교역자로 일하며 불행한 사건을 겪고 힘들어하는 이들이 상황을 달리 볼 수 있게 도왔다. 그런데 은퇴하고 집에 돌아온 순간, 나는 나 자신의 상담자이자 내담자가 되어 내면을 살펴야 했다. 내가 어떤 시각으로 노년을 바라보고 있는지 떠올려보았다. 그러고 보니 노년에 대해 깊이 생각해본 적이 없었다.

혼자 갈등하기보다 은퇴를 먼저 경험한 선배에게 묻기로 했다.

"은퇴하고 어땠어요?"

"처음에는 출근 안 해서 좋았고, 여행할 수 있다는 것에 매력을 느꼈지. 그런데 시간이 흐를수록 뭘 해야 할지 갈피를 못 잡겠더라. 나중에 노년의 삶을 계획하고 나서야 새로운 세상이 열렸어."

은퇴 후 2년여 동안 여유를 즐기던 선배는 지금 다시 취업해 새로운 인생을 살아가고 있다. 멋지지 않은가? 나이 들어간다는 사실이. 만약 은퇴를 앞뒀다면 상황을 달리 보는 연습이 필요했다. 은퇴는 모든 것을 끝맺는 사건이 아닌 새로운 인생을 열어주는 발판이었다. 늙음은 불행이 아닌 내면을 성숙하게 만들어주는 하나의 축복이었다.

남편이 잠들고 아무도 없는 거실에 나왔다. 식탁에 앉아 눈을 감고 그동안 해왔던 일들을 떠올렸다. 지난 60년 간 잘했던 일, 부족했던 부분, 하고 싶었지만 바쁘다는 핑계로 못했던 일 등을 차근차근 떠올린 뒤 펜을 들었다. '어떻게 늙고 싶은가, 앞으로 무엇을 해나갈 것인가'를 한 줄 한 줄 써 내려가며 생각 없이 늙지 않고 축복 속에서 늙기를 바라보았다.

여러모로 고민해본 노년의 삶은 내가 생각했던 것처럼 무기력하지 않았다. 그저 젊은 시절과 다른 방향으로 나아갈 뿐이었다. 젊은 시절 넘치는 에너지로 치기 어린 도전과 실패를 반복했다면 노년의 삶은 과거의 경험을 바탕으로 조금 천천히, 신중하게 나아가야 했다. 경쟁력을 키우기보다 사람들과 화합하는 연습이 필요했다.

나는 은퇴 후 심리상담센터를 운영하며 많은 사람과 만나고 있다. 다양한 만남은 내면의 성찰을 가져오고 더 나은 노년의 삶이 무엇인지 고민하게 만든다. 지금, 여기에서 사랑하는 사람들과 아름답게 늙어갈 수 있도록 노력하고 있다.

노장이 알려준 삶의 힘

좋은 사람을 곁에 두었다면 당신은 행운아다. 부모, 형제, 스승, 친구, 동료, 멘토 등 좋은 이들과의 만남은 축복이기 때문이다.

나는 한 달에 두세 번 주기적으로 지인들을 만나 삶의 희로애락을 이야기 나눈다. 거창하게 이야기하면 집단심리치료이고 가볍게 이야기하면 서로의 마음을 나누는 자리이다. 모이는 사람들의 연령은 40대부터 60대 후반까지 다양하다. 그들 각자가 지나간 시간을 돌이키며 삶이 전해주었던 향기를 이야기한다. 향기는 무거울 때도 가벼울 때도 있었다. 재미있기도 하고 슬프기도 하며, 유익하기도 하고 가슴 아프기도 하다.

나는 만남이 꼭 목적 지향적일 필요는 없다고 생각한다. 목적 없는 만남이라고 해도 서로 자유롭게 이야기하며 삶의 짐을 잠시 내려놓을 수 있다. 얼마 전 있었던 모임에서도 살면서 겪었던 인간관계의 어려움, 경제적인 문제 등 다양한 스토리가 전개되었다. 나이 지긋한 한 어르신은 30대에 남편을 잃고, 청상과부로 어린 자녀들을 키웠던 이야기를 들려주었다. 또 다른 어르신은 우울증에 시달리던 남편이 자살을 선택해 아픔을 겪었던 사연을 털어놓았다. 힘든 일을 겪었을 당시 그들은 다시 일어서지 못할 것처럼 절망적이었다. 하늘이 왜 나에게만 모질게 구는지 원망도 많이 했었다.

그런 그들을 일으킨 것은 곁에 있는 부모와 자식, 친구였다. "엄마 우리가 있잖아요", "얘야, 네 가슴이 찢어지면 에미 가슴은 무너진다", "네가 강인한 사람이란 걸 누구보다 잘 알아"라고 말하며 함께 울어주던 이들이었다. 짙은 안개 속에 갇힌 듯한 막막함에서 벗어날 수 있게 가족과 친구가 손을 내밀었고 어르신들은 그들이 내민 손을 꼭 잡았다. 서로 손잡고 조금씩 걸어가다 보니 자신도 모르는 새 평온한 일상을 보내고 있었다.

사람이 곧 희망임을 어르신들은 삶에서 경험할 수 있었다. 힘들었던 지난날을 추억하며 많은 이야기가 오갔던 그날, 고난을 겪고 오히려 단단해졌다는 말에 함께 있던 사람들이 박수를 쳐주었다. 그것은 인생이라는 거친 바다를 힘있게 헤쳐나간 노장을 향한 존경의 몸짓이었다.

나는 나대로 늦가을 낙엽이 떠오른 시간이었다. 낙엽은 다음 해에 새로운 생명을 탄생시키기 위한 제물이 된다. 인생에 찾아오는 고

난도 낙엽과 비슷한 원리가 아닐까? 바짝 말라 아래로 떨어져야 하는 시련을 겪지만 고난을 지혜롭게 이겨낸다면 이는 굉장한 에너지가 돼 사람의 내면을 크게 성장시킨다.

만약 어르신이 먼저 세상을 떠난 남편을 떠올리며 끊임없이 절망했다면, 또 자살로 생을 마친 남편 때문에 주저앉았다면, 그들은 좋은 인연과 함께하지 못하고 미래도 열지 못했을 것이다. 그러니 지금 이 순간 내 곁에 있는 사람과 따뜻한 추억을 남기기 위해 최선을 다하는 것이 중요하다. 너무 가까이 있어 때로는 미울 수도 있겠지만 말이다.

불행은 누구에게나 찾아올 수 있다

하늘(가명)이는 중학교를 다닐 때까지 여느 아이들과 크게 다르지 않았다. 그런데 고등학교에 진학해 대학 입시를 앞두고 스트레스가 심했는지 이상 현상이 나타나기 시작했다. 매일 밤 무서운 꿈을 꿔 깊이 잠들지 못했다. 다행히 하늘이는 사람들과 대화하며 자연스럽게 시선을 주고받았다. 일상적인 대화는 가능했지만 정서적 불안이 행동에서 드러났다. 하늘이 부모는 딸의 증상을 일시적인 현상일 거라고 믿으며 신앙에 의지했다. 그러나 딸에게 필요한 것은 신앙보다 입원해 전문적인 치료를 받는 것이었다.

내가 일하던 곳에서 상담을 받던 중 하늘이네 가족은 갑자기 소식을 끊고 사라져버렸다. 15년이 지난 뒤에야 소식을 들었는데 하늘이는 중증환자가 되어있었다. 여느 아이들처럼 살아가기를 바라며 부모는 하늘이를 특수학교가 아닌 일반 학교에 진학시켰다. 그러나 정신적으로 온전치 못한 하늘이는 학교생활에 적응하지 못해 따돌림을 당했다. 하늘이가 학교에서 받았을 스트레스가 짐작된다. 부모가 아이의 상태를 제대로 보지 못해 치료시기를 놓친 것이다.

지금 하늘이는 조현병 진단을 받고 약을 복용하고 있다. 지능에 문제는 없지만, 부모와 정상적인 대화가 어렵다고 한다. 환청을 듣고 환상을 보고 누군가와 계속 대화하고 있는데 실존 인물이 아니다. 환상 속 인물에게서 '부모가 너를 죽이려 하니, 네가 먼저 부모를 죽이라'는 지령을 받는다고 했다. 이런 환청은 하늘이를 미치게 만들었다. 자기 손으로 부모를 죽이느니 차라리 내가 죽겠다며 몇 차례 자살 시도를 했다.

하늘이의 증상이 악화된 것은 부모가 조현병에 대해 몰랐기 때문일까? 그러나 하늘이 부모는 무지하지 않았다. 아빠는 교육자 출신이며, 엄마도 내세울 만한 학위를 가지고 있었다. 언니는 서울대에서 박사 학위를 받은 인재로 누구나 인정할 만한 직장에 근무하며, 좋은 남편을 만나 다복한 삶을 살고 있다. 경제적으로도 안정되었으며, 부부 관계도 좋았다.

하늘이의 병이 악화된 이유는 가족의 무지가 아닌 불행을 부정한 데 있었다. '내 자식이 조현병이라니 믿을 수 없어'하며 갑자기 닥친 불행에 고개를 돌리고 회피했다. 가족구성원에게 변화가 생겼음에도 불구하고 무리하게 전과 비슷한 일상을 유지해 나가려고 한 것이 문제였다.

하늘이의 병을 조기에 치료했다면 지금보다 나은 상황을 맞이할 수 있었을까? 장담할 수 없겠지만, 치료 시기가 늦었다는 점에서 안타깝기만 하다. 물론 하늘이 부모의 마음도 십분 이해한다. 어느 부모가 자녀를 정신병원에 보내고 싶겠는가?

누구나 살아가면서 크고 작은 불행을 겪는다. 견딜 수 없을 만큼 힘든 시기를 지나야 할 때도 있다. 삶이 주는 다양한 변화와 고통이 나만 특별히 피해가지 않는다는 것을 우리는 잘 알고 있다. 원치 않는 아픔이며 변화겠지만 때로는 받아들여야 한다.

불행을 인정하기 어렵겠지만, 용기 내어 똑바로 자신의 문제를 들여다봐야 하는 이유가 여기에 있다. 불행을 직시할 때 비로소 아픔을 이겨나갈 수 있는 힘이 생긴다.

때론 시간이 필요하다. 그러나 인정하고 받아들인다면 조금씩 벗어날 방법을 찾을 수 있다. 불행이 있다면 감사할 수 있는 시간도 있을 것이다. 인생의 순간순간을 구체적으로 기록해 보자. 그렇게 하면 불행에 머물지 않고 미래를 향해 나아갈 수 있는 이유를 발견하게 된다. '왜?'보다는 '어떻게 해결할까?'라고 질문하며 살아가자.

아픔 숨기지 말고 꺼내놓기

그녀는 어머니를 모시고 살았다. 한때 직장생활도 했지만 어머니를 하늘나라로 떠나보내고 무력한 생활을 이어갔다. 그녀가 말하지 않기에 어머니와 관계가 어땠는지, 무슨 일을 겪었는지 구체적으로 알 수 없었다. 다만 어머니의 사망은 그녀에게 큰 충격이어서 마음 둘 곳이 없어 보였다. 쉰이 넘은 그녀는 사회와 단절된 채 방에서 혼자 노래만 불렀다. 이웃과 가족이 그런 그녀의 생활을 지적해도 아랑곳하지 않았다. 가끔 누군가 그녀의 사연에 대해 말하면 '제대로 알지도 못하면서 아는 척하지 마라'는 분위기로 화부터 냈다. 마음의 벽이 높고 단단한 그녀에게 누구도 쉽게 다가가지 못했다.

우연한 기회에 그녀를 알게 됐지만, 마음의 문을 열지 못한 탓에 나 역시 아무 도움도 못 주었다. 한편으로는 그녀가 혼자서나마 노래를 부른다는 사실이 다행스러웠다. 노래는 그녀 안에 숨겨놓은 상처를 치유하는 유일한 방법처럼 보였다. 언젠가 그녀가 닫힌 방문을 열고 나와 많은 사람에게 자신의 구슬픈 노래를 들려주고 노래에 얽힌 사연을 꺼내놓을 수 있기를 바랐다.

가슴 속 깊은 상처와 갈등을 오랜 시간 묻어놓고 견딘다면, 해결 방법을 잊고 심한 경우 반사회적 행동으로 분출될 수 있다. 살아가며 겪게 되는 여러 갈등과 어려움을 친한 친구, 가족에게 털어놓거나 취미생활로 해소하는 등 그때그때 풀어야 한다. 마음에 병을 감지했는데도 이를 무시한다면 병의 존재 자체에 무감각해지기 때문이다.

마음 치료를 위해 정신과에 가면 이력이 남지 않을까 걱정하는 사람들이 있다. 취업에, 결혼에, 사람들과의 관계에 정신과 상담 이력이 문제가 될까봐 걱정하는 것이다. 그러나 끊임없이 경쟁해야 하고 복잡한 관계를 경험해야 하는 현대인은 크고 작은 정신적 문제를 경험할 수밖에 없다. 정신과 상담이나 치료를 특별한 누군가만이 하는 것으로 여기는 사회 분위기가 안타까울 따름이다. 우리 사회가 성숙해질수록 몸의 상처만큼이나 마음의 상처 또한 무겁게 바라봐야 한다. 『청년편지』를 쓴 문학평론가이자 목회자인 김기석은 현대인의 닫힌 마음을 이렇게 표현했다.

‘세상을 사는 동안 우리는 자신을 지키기 위해 갑각류처럼 껍질 만들기에 여념이 없었습니다. 이런저런 관계에서 비롯되는 상처의 기억이 많을수록 속마음은 꼭꼭 숨기고, 가면으로 사람들을 만나려 합니다.’

아픈 기억을 숨기기 위해 마음을 갑각류처럼 만들고 사람들에게 마냥 밝게 보이려고 행복한 가면을 쓴다면 우리 삶은 불행해질 수밖에 없다.

미스코리아 출신 방송인 박샤론은 자신의 수필집 『상처는 별이 된다』에서 그동안 겪었던 고난과 상처에 관해 솔직히 털어놓았다. 책을 읽은 지 꽤 시간이 흘렀지만 과거의 상처를 천천히 돌아보고 그 사건이 자신에게 어떤 의미였는지 정리하는 모습이 인상적이었다. 내 안의 상처를 나조차 외면한다면 이는 결국 앞으로 나아가려는 나의 발목을 붙든다. 스스로 상처를 밖으로 꺼내 약을 바르고 새살이 돋을 때까지 기다려주어야 한다. 또 상처가 내 삶에 어떤 의미를 남겼는지 되짚어보아야 한다. 누구도 그 일을 대신해 줄 수 없다.

나이 들수록 나 자신을 알아가는 일이 얼마나 어려운지 깨닫는다. 끊임없이 내면을 들여다보며 지난 세월 잘했던 일과 실수했던 일, 행복했던 추억과 가슴 아팠던 사건들을 정리해나가는 일에 큰 용기가 필요하다는 사실도 알게 된다. 하지만 내 안의 상처를 묻어두지 않고 꺼내 들여다본다면 상처는 때론 빛을 향해 나갈 수 있는 길을 열어준다.

건강한 소통 위한 자기이해

텔레비전을 틀자 긴급 속보가 흘러나왔다. 울진 화재의 방화범이 잡혔다는 소식이었다. 경상북도 울진군 두천리 일원에서 원인 미상의 화재가 발생한 가운데 화마가 한울원자력발전소 1km 부근까지 덮쳤다. 화마의 원인은 방화였다. 50대 방화범은 어머니를 모시고 살았으며, 외부와 단절된 채 생활했다. 사람들이 자기를 거부하고 무시한다고 생각해 가슴에는 분노가 자리해 있었다. 피해망상은 사회와의 단절을 낳았고 내면의 분노를 키웠다. 분노는 방화로 이어졌다. 또한, 방화범의 어머니가 화재장소에서 미처 대피하지 못해 사망하는 비극이 발생했다.

인간은 타인의 사랑과 관심을 받으면서 살아갈 때 평온함을 유지한다. 고립된 상태에서는 부정적인 상상만 펼칠 따름이다. 아이들은 때론 위험한 장난까지 치면서 사람들의 관심과 사랑을 구하지만 성인이 돼 사회적 관심에서 벗어난 방화범은 돌이킬 수 없는 범죄를 저지르고 말았다.

50대는 아직 할 일도 많고, 하고 싶은 일도 많은 시기다. 사회와 끊임없이 소통해야 할 시기에 방화범은 자신을 외면하는 듯한 사람들의 시선을 견디기 힘들었을 것이다. 자신의 힘을 드러낼 방법이 방화라고 생각했을 것이다.

우리는 건강한 사회생활을 위해 타인과의 소통에 집중한다. 하지만 타인과 원만히 소통하려면 우선 나 자신과 소통해야 한다. 한번이라도 자신의 내면에 귀 기울여보았는가? 내가 원하는 것을 생각해보았는가? 내가 느끼는 감정을 눈여겨보았는가? 그렇게 나를 들여다본 뒤 타인과 소통해야 나의 자존감을 지키며 타인을 이해하는 균형 있는 관계를 맺을 수 있다. 타인의 관심에만 매몰된 관계에서 벗어날 수 있다.

많은 현대인이 상사, 동료, 친구, 가족의 부탁을 거절할 수 없어 스트레스를 받으며 때론 우울증에 잠을 설치기도 한다. 심리상담 전문가인 이시하라 가즈코는『'아니'라고 말하고 싶을 때 읽는 대화법』에서 많은 이가 타인의 부탁을 거절하지 못하는 가장 큰 이유로 '상대방이 상처 입을 것이 두려워서'를 꼽았다. 대부분 자신보다 타인의 시선이 우선이기 때문이다. 그러나 이시하라 가즈코는 말한다.

'거절하면 상대방의 기분을 상하게 만들고 보복에 대한 두려움이 생길 수도 있다. 그러나 그보다 더 상처가 되는 것은 거절하지 못

해 끙끙 앓는 자신의 마음이다.'

타인의 시선을 의식한 일방적인 희생은 오히려 자신을 제물로 바쳤다는 피해의식을 만들고 고립을 낳을 수 있다. 그러므로 건강한 소통을 하려면 나에 대한 이해와 애정이 필요하다.

'나는 이렇게 하고 싶어', '나는 이 일만은 하기 싫어'라는 자신이 좋아하거나 싫어하는 것이 무엇인지 느낄 수 있어야 한다. 물론 희생해야 한다고 판단되는 일에는 희생해야겠지만 이 또한 자신의 의지가 중심이 되어야 한다. 이시하라 가즈코는 '남의 요구를 거절했기 때문에 다투는 것이 아니라 거절하는 방식이 적절치 않고 서로 상처 주는 말투 때문에 다투는 것이다. 거절해야 하는 상황에서는 부드럽게 풀어줄 수 있는 말이 필요하다'고 했다.

대화기법에서 주로 사용하는 나 전달법I-Message은 나를 주어로 하여 자신의 생각과 감정을 솔직하게 전달한다. 자신이 주어가 돼 감정과 생각과 상황을 정직하게 전달한다면 생각보다 거절할 때 받는 비난을 줄일 수 있으며, 마음의 상처로부터 나를 지킬 수 있다.

'인간은 사회적 존재이므로 함께 살아가야 하며, 살아내야 한다'는 명제가 있다. 그렇다면 '어떻게 살아야 하며, 나와 타인의 마음에 상처를 최소화해 잘 살아갈 수 있을까'를 고민해야 한다. 나를 사랑하는 마음으로 상대에게 정중하게 '아니요'라고 거절한다면 감정의 노예가 되지 않아도 된다.

『누구의 인정도 아닌』을 쓴 정신과 의사 부자父子 이인수·이무석은 거절하지 못하는 현상을 '인정중독'이 만들어낸 신드롬이라고 말한다. '나는 나여야 하는데 타자에게 인정받고 싶은 욕구로 남의 눈치를 보게 된 결과'인 것이다. 특히 자기애가 강한 부모는 자녀를 부모 중심으로 행동하게 한다.

'아니오'라고 거절할 수 있으려면 좋은 사람과 만나야 하고 자신의 감정과 마주하면서 '진짜 나'를 찾아야 한다. 자신의 진실한 음성에 귀 기울이고 행동하는 것이다. 자신을 객관적인 관점에서 바라보고 대면할 수 있어야 당당하게 살아갈 수 있다.

마음, 진단과 리부팅이 필요하다

'새가 지나가며 머리에 변은 볼 수 있겠지만 똬리는 틀지 못하게 하라'는 격언이 있다. 삶의 철학을 담은 위트 넘치는 격언이다. 살다 보면 생각지도 못했던 일이 내 일상을 흔들어놓고, 힘든 상황 속에서 슬퍼질 때가 있다. 그럴 때는 마음껏 울어야 한다. 억눌린 감정을 밖으로 풀어내야 한때의 슬픔이 내 평생의 스트레스로 남지 않는다.

나이가 들수록 감정표현에도 연습이 필요하다는 것을 깨닫는다. 지금 50대 이상인 세대만 해도 그 윗세대에게 웬만해선 감정표현을 하지 말라고 배웠다. 그래서 기쁨도, 슬픔도, 사랑도, 분노도 되도록 드러내지 않고 감추는 것이 미덕인 줄 알았다. 그러나 정서적 균형을 이루며 건강히 살아가려면 적절한 감정표현은 필수다. 그래야 인간관계도 유연해질 수 있으며 힘든 일이 닥쳤을 때 뭔가 억울하게 산 것 같은 기분을 떨쳐낼 수 있다.

상담하며 만났던 50대 초반의 그녀는 부지런하고 똑똑했다. 유학을 다녀와 영어 실력도 유창했다. 하지만 한 사람을 지독하게 좋아하면서 그녀의 그런 장점들은 모두 사라져버렸다. 그녀는 그의 건강이 안 좋아질까봐, 사고라도 당할까봐 늘 노심초사했다. 그는 한 단체의 지도자로 멋진 외모를 가지고 있었으며 지적 능력도 탁월했다. 한마디로 누구나 좋아할 만한 조건을 가지고 있었다. 하지만 좋아하는 사람이 뛰어난 조건을 가지고 있다고 해서 그것이 집착의 원인이 될 수는 없었다. 많은 사람이 그녀를 이상하다고 여겼다.

무엇이 그녀를 그렇게 만들었는지 궁금해 하며 대화를 시작했다. 그녀에게는 아픈 사연이 있었다. 삼 남매 중 둘째로 태어나 부모에게 별다른 관심을 받지 못했지만 이를 잘 극복해 홀로서기에 성공, 사회적으로 일찍 자리 잡았다. 평안한 일상을 살아가던 중 어느 날 여동생이 자살하면서 큰 혼란에 빠졌다. 자살의 원인은 여동생 남편의 외도였다. 끝까지 여동생을 속이면서 거짓 행동을 일삼았던 여동생 남편의 배신이 가족을 경악하게 만들었다.

그 일로 인해 어머니를 비롯한 가족구성원 모두가 정상적인 생활이 어려웠고 그녀 역시 우울증을 앓았다. 내면의 들끓는 감정이 가라앉지 않았고 주변 사람들과 여동생 남편을 동일시하며 온갖 망상을 해나갔다. 그녀는 어느 순간 심각한 대인기피증에 시달리기 시작했다. 여동생을 잃은 슬픔과 한때 가족으로 여겼던 여동생 남편에 대한 배신감을 누군가에게 풀어내고 싶었지만, 혹여 가족에게 흉이 될까 봐, 그렇게 하지 못했다. 감정을 삭이다 보면 시간이 해결해줄 거라 믿었다. 그러나 시간이 흘러도 슬픔과 분노는 사라지지 않았다. 그녀는 여동생을 잃은 그 순간에서 조금도 벗어나지 못했다.

사람은 누구나 상처를 가지고 있다. 문제는 상처를 어떻게 해소하느냐이다. 그녀는 내뱉지 못한 상처에 사로잡혀 자기 문제를 냉철하게 바라보지 못했다. 수년이 흘러 마음 상담을 시작한 뒤에야 비로소 자신의 감정을 솔직히 털어놓았다. 당장이라도 여동생 남편을 찾아가 화풀이 하고 싶지만, 몸과 마음이 얼어붙어 꼼짝할 수가 없다고. 잘못한 사람은 떳떳하게 살고 충격을 받은 가족은 깊은 우울감에 빠져있으니 앞으로 어떻게 사람을 믿고 살아갈지 모르겠다고.

나는 그녀가 오랜 시간 묵혀두었던 슬픔과 분노를 솔직하게 말할 수 있게 도왔다. 그리고 세상 모든 사람이 여동생 남편 같지는 않으니 상황을 객관적으로 봐야 한다고 말했다. 무엇보다 슬픔을 너무 오래 붙잡고 있으면 행복이 찾아올 수 없다고 다독였다. 그러나 그녀는 아직 웃지도, 울지도 못하고 있다.

마음의 충격을 완화해야 하는 이유는 나를 위해서이다. 지나가는 새가 변을 보고 날아갈 수는 있겠지만 똬리를 틀게 해서는 안 된다. 분노로 마음이 깊게 다치지 않으려면 상황을 객관화하려는 노력이 필요하다. 나는 오늘도 내 감정을 진단하면서 정서적 균형을 잡아본다. 내 마음이 어느 한 쪽으로 치우쳐 균형을 잃지 않았는지 스스로를 진단하며 리부팅한다.

트라우마를 치유하는 위로와 지지

윌 샤프 감독의 영화 「루이스 웨인: 사랑을 그린 고양이 화가」는 영국의 화가 루이스 웨인의 인생 실화를 바탕으로 만들어졌다. 영화 속 루이스 웨인은 어린 시절 배가 침몰하면서 겪었던 일을 평생의 트라우마로 안고 살아간다. 친구들에게 못생겼다고 놀림 받은 상처도 있어 루이스는 스스로를 불행하다고 여겼다.

어느 날 집에 여동생의 가정교사로 에밀리라는 한 여성이 들어온다. 루이스와 에밀리는 서로 사랑에 빠진다. 신분을 뛰어넘는 두 사람의 사랑을 사람들은 비난했다. 에밀리는 루이스의 방에 들어가 우연히 일기장을 보고 그의 어린 시절 트라우마에 관해 알게 된다. 루이스는 그림은 잘 그렸지만 인생을 살아가는 방식은 서툴렀다. 에밀리는 그런 루이스를 위로하고 지지했다. 그러나 불행하게도 에밀리는 짧은 시간 루이스에게 행복을 안겨주고, 일찍 세상을 떠난다.

에밀리는 건강이 안 좋아지면서 남편 루이스에게 세상을 살아가며 기억해야 할 두 가지 미덕을 말한다. 첫째 세상은 아름다우며 아름다움을 포착하는 것은 자신의 몫이라는 것이다. 둘째 많은 사람과 교류하며 베풀 것을 당부한다.

에밀리가 유방암 진단을 받고 돌아오던 날, 부부는 우연히 길 잃은 고양이를 만나고 집으로 데리고 와 함께 살아간다. 이때부터 루이스는 고양이 그림을 그리기 시작한다. 에밀리를 떠나보내고 무기력하게 살아가던 루이스는 고양이를 키우고, 그림을 그리면서 활기를 찾는다. 경제적인 어려움을 해결하기 위해 가족의 반대도 뒤로 한 채 뉴욕으로 가 고양이 화가로 유명세를 얻지만, 다시 어린 시절의 트라우마가 떠오르면서 정신질환을 앓게 된다.

성인이 되어서도 해결하지 못한 심각한 트라우마는 한 사람의 인생을 비참하게 만들었다. 루이스는 심리적 충격과 스트레스가 찾아올 때마다 그를 괴롭혔던 사건을 떠올리며 극도로 불안해했다.

에밀리와 함께였다면 루이스는 트라우마를 치유할 수 있었을까? 두 사람의 사랑을 바탕으로 상상해 보건데 시간은 걸렸겠지만, 전문적인 치료도 필요했겠지만, 그럼에도 불구하고 조금씩 에밀리와 함께 트라우마를 극복해나가지 않았을까? 마음을 치유하는데 있어 가족, 친구와 같은 지지자는 중요한 역할을 한다.

요즘 거울 앞에 서서 나를 들여다보곤 한다. 주름은 깊어졌고 머리에는 서리가 내렸다. 그동안 행복과 불행을 오가며 수많은 일을 겪었지만 과거의 힘들었던 사건이 트라우마로 남지 않았다. 생각해보면 부모님의 사랑 덕이었다. 어릴 때 머리에 보따리를 이고 서울에 온 어머니가 부끄러웠던 적이 있었다. 어머니의 옷매무새가 세련되어 보이지 않아 속상했던 것이다. 그때는 철이 없어 어머니의 사랑과 지지를 깨닫지 못했다. 어머니가 먼 길까지 가져온 음식이 고된 서울살이의 위로가 되어준다는 사실을 알지 못했다.

늙어갈수록 어머니가 지금까지 건강하게 살아계신 점이 감사하다. 항상 잘될 거라고 응원하며 곁에서 든든한 마음의 고향이 되어주신다. 90세가 되었지만 지금도 육 남매가 잘되기를 바라며 기도하고 있다.

2년 전에 돌아가신 아버지와의 추억도 종종 떠오른다. 중학생 때 하루는 아버지가 어머니와 다투었는지 내 방으로 들어와 주무셨다. 나는 웅변 연습을 한답시고 목청을 높여가며 연습했다. 내 서툰 웅변 실력을 보고도 아버지는 잘한다며 응원해주었다. 부모님은 내가 어떤 일에 실패해도 다그치는 법이 없었다. 시험에 떨어져도, 친한 친구와 다퉈도 다시 천천히 해결해가면 된다고 위로해주셨다. 부모는 자녀의 거울이라고 하지 않았는가? 나 역시 우리 부모님처럼 인생살이에 서툰 사람들의 발걸음을 응원하며 그들이 넘어지고 좌절했을 때 위로와 지지를 보내려고 한다.

내가 운영하는 심리상담센터를 찾은 내담자들과 상담하고 난 뒤 나는 가끔 영화 「루이스 웨인: 사랑을 그린 고양이 화가」의 한 장면을 떠올린다. '나는 영화 속 에밀리처럼 내담자들에게 희망의 메시지를 전해주었는가? 따뜻한 위로와 지지를 보내주었는가?' 돌아보게 된다.

이제 어머니의 모습이 내게서 조금씩 보인다. 앞으로 외모뿐 아니라 마음도 어머니를 닮아 늙어갈 수 있기를. 어머니처럼 조용하지만 누군가의 든든한 지지자가 될 수 있기를 기도해본다.

고난은 터닝포인트가 되기도 한다

오랜만에 딸을 만나고 집으로 돌아가는 길, 코로나19 검역소 앞에서 사람들이 어두운 표정을 하고 긴 줄로 서 있다. '나도 검사를 받아볼까?' 망설이다가 집에 왔다. 코로나19가 시작되었던 2020년, 한 번도 경험하지 못했던 일에 모두가 혼란스러워했다. 함께 모여 일을 도모하던 시대를 지나 영상으로 소통하는 시대를 맞이하게 됐다. 14세기에 일어났던 흑사병이 르네상스나 종교개혁의 시초가 되었던 것처럼 전염병이 지나간 후에는 새로운 변화가 성큼 다가온다. 전염병은 사회를 고통으로 몰아넣지만 변화, 성장하는 계기도 마련한다.

여담으로 『코로나 인문학』을 쓴 인문학자 안치용은 로미오와 줄리엣의 이루지 못한 사랑의 원인을 흑사병으로 인한 오해로 해석했다. 로미오와 줄리엣은 서로 원수지간인 부모의 반대를 무릅 쓰고 사랑했다. 줄리엣은 로미오에게 서신을 보냈지만 흑사병으로 교통이 차단되고 사람들은 격리돼 서신이 늦게 도착했다. 줄리엣의 마음은 로미오에게 전달되지 못했고 서로의 마음을 확인하지 못한 두 사람은 결국 동반자살을 선택한다. 청춘남녀의 생명을 앗아간 그 시대의 아픔은 무엇을 탄생시켰을까? 희곡 『로미오와 줄리엣』의 배경이 됐고 400여 년이 지난 지금까지도 고전 중의 고전으로 사랑받고 있다.

코로나19가 가져온 사회 변화에서 개인적인 변화로 이야기를 돌려보자. 나는 은퇴 이후 코로나19가 터지면서 집에 머무는 시간이 부쩍 많아졌다. 혼자 혹은 남편과 단둘이 집에 있으면서 일상이 멈춘 듯한 기분이 들었다. 게다가 여기저기서 지인들의 확진 소식이 들려와 더욱 움츠러들었다. 그러던 중 남편이 코로나19에 확진됐다. 일주일 동안 어떻게 남편과 격리된 채 함께 생활해나가야 할지 막막했다.

그런데 멈춰버린 듯한 내 삶에 알게 모르게 변화가 생기고 있었다. 책을 읽고 글을 쓰는 시간이 많아졌고 앞만 보며 바쁘게 달려왔던 삶을 반성하게 되었다. 주변 사람들의 마음 건강을 챙기느라 정작 내 몸과 마음은 돌보지 못했다는 점도 알게 되었다. 그래서 요즘은 나를 위한 프로젝트를 해나가고 있다. 내가 건강해야 이웃을 돌볼 수 있기에 스스로 짐이 되면 안 되겠다는 생각을 한다. 그래서 스트레칭, 훌라후프 같은 간단한 홈 트레이닝을 하며 몸의 면역력을 키운다.

무엇보다 가족과 함께하는 시간을 많이 가져야겠다고 결심했다. 돌이켜보니 십여 년 전부터 가족과 여행, 소풍 등을 떠나 추억을 만든 일이 거의 없었다. 핑계를 들자면 각자 생활하는데 바빠 그럴 겨를이 없었다. 행복한 추억은 고난과 역경을 이기게 해주는 원동력인데도 사랑하는 이들과 시간을 갖는데 소홀했다.

이제는 아주 오래된 추억이 됐지만 남편, 두 딸과 함께 여름 무더위를 피해 바닷가를 찾은 적이 있었다. 우리는 나란히 모래사장에 누워 여름밤의 열기를 온몸으로 느꼈다. 칠흑 같은 어두움을 뚫고 들려오는 파도 소리, 발끝에서 빛나는 하얀 거품이 여름밤의 낭만을 더해주었다. 쏟아지는 별들을 바라보면서 우리 가족은 많은 대화를 나눴다. 꿈에 대한 이야기, 목자였던 어느 소년의 이야기, 나의 별 찾기 등 그날 밤 추억은 지금 생각해도 환희로 다가온다.

가족과 함께한 순간이 더없이 소중했음을 코로나19가 만들어준 시간이 가르쳐주었다. 두 딸은 이제 장성해 마흔을 바라보고 있다. 그날의 추억은 잊었을지 모르지만 두 딸을 향한 부모의 간절한 기도만큼은 가슴 깊이 자리해 있을 것이다. 이제 딸들은 또 다른 가족을 구성해 추억을 만들어 가고 있다.

사회적 거리두기가 끝나고 심리상담센터를 열면서 나는 다시 바빠졌다. 그러나 이제는 바쁜 와중에도 남편과 차 한 잔 마실 시간은 남겨둔다. 코로나19가 남기고 간 변화랄까.

남편과 이야기 나누다 보면 '이런 면이 있었어?' 하고 내심 놀랄 때가 많다. 가장 가깝지만, 평생을 알아가야 하는 것이 부부이다. 요즘 남편은 은퇴 후 불안해하는 아내의 마음을 달래려고 애쓴다. 은퇴 전에 못 느꼈던 남편의 책임감이 눈에 들어온다. 그리고 스스로를 돌아본다. 나 잘난 맛에 살아온 시간에 대한 반성이다.

눈을 들어 가족과 이웃을 바라본다. 모두 소중한 사람들이다. 이제 사회적 책임을 가지고 나 자신과 이웃을 사랑할 나이가 되었다. 그들을 살피는 여유로움을 가져야겠다.

절망으로 멈춰버린 시계바늘 돌리기

정신과 의사이자 심리학자였던 윌리엄 글래서는 '사람의 내면에는 많은 사진이 들어있다'고 이야기한다. 그는 좋은 사진과 그렇지 않은 사진이 쌓여 자아를 형성한다고 설명한다. 또 '살아오며 좋은 사진을 많이 가진 사람들은 긍정적인 성품을 갖지만 부정적인 경험을 반복한 사람은 기울어져 있는 저울과 같아서 부정적인 결과를 만들 수 있다'고 말한다. 그러나 윌리엄 글래서의 이론이 반드시 맞는 것은 아니다. 누군가는 자신에게 닥친 고난을 더 나은 삶을 위한 동력으로 삼는다.

고난을 이기고 희망을 가꿔나간 이들 중에 전설적인 복서 무하마드 알리가 있다. 나는 복싱을 좋아하지 않지만 그가 남긴 명언과 삶의 발자취를 따라가다 보면 때론 고난이 인생을 단단하게 만든다는 사실을 깨닫는다. 알리는 피부색과 가난한 집안 환경 때문에 차별받는 불우한 어린 시절을 보낸다. 복싱에 입문해 금메달을 목에 걸고도 극심한 인종차별을 겪어 화가 난 나머지 오하이오 강물에 금메달을 버린 일화는 유명하다. 그는 자신이 겪었던 모든 불행을 뒤로 하고 전설적인 복서로 거듭난다. '힘들다고 포기하지 마라. 지금은 고통이지만 남은 나의 일생을 챔피언으로 살 것이다'라는 그의 명언이 가슴을 울리는 것은 알리가 삶 속에서 자신의 말을 실천했기 때문이다.

고난 속에 머물지 않고 이를 성숙을 위한 동기로 삼는다면 우리는 내면에 좋은 사진을 많이 남길 수 있다. 그러나 고난을 이겨내는 것이 말처럼 쉽지 않다. 어둠 속에서도 빛을 찾겠다는 고집과 끈기가 있어야, 그러니까 자신만의 철학과 신념이 있어야 가능하다.

정신분석학의 창시자 프로이트는 무의식의 세계에 대해 강조했다. 우리는 말하고 행동할 때 이성적인 판단과 더불어 무의식에 의해 행동한다. 그래서 우리 일상을 면밀히 들여다보면, 무의식이 나를 지배한다. 이를 심리학적으로 분석하면 '내가 모르는 나'를 시시때때로 발견하면서 살아가는 것이다. 잦은 실패를 경험한 이는 무의식적으로 앞으로 행복한 인생을 살기 어려울 거라며 절망할지 모른다. 그러나 그와 반대로 '나는 누구보다 강인하기에 포기하지 않고 앞으로 나아가겠다'는 의지가 자리해 있을 수도 있다. 바쁘더라도 가끔은 시간을 내서, 내 안에 어떠한 사진이 들어있는지 확인해 보자. 그리고 수많은 사진 중에서 좋은 사진을 꺼내 볼 수 있도록 나를 단련시키자.

나 역시 어려운 고비를 여러 번 넘기고 노년을 맞이했지만 매순간 스스로에게 말한다. 앞으로 어떤 일이 닥쳐도 강하고 담대하게 행동하며, 두려워하지 말자고. 힘들 때는 내가 가진 좋은 추억의 사진첩을 꺼내 미래로 나아가는 발판으로 삼자고.

이 글을 읽고 있는 당신에게도 말해주고 싶다. 무의식 속 당신은 누구보다 강인하니 쉽게 좌절하지 말라고. 내 안에 있는 무한한 자원을 활용해 자신의 재능을 발굴한다면 충분히 좋은 결과를 만들 수 있을 거라고 말이다.

Q

살아오며
고통스러웠던 순간이 있었나요?
어떻게 고통을 이겨냈나요?

CHAPTER 2

서로 다름을 이해하는 시간

우리는 서로 다른 인격이란 사실을 잊어서는 안 된다.
타자가 내가 모르는 면을 가진 존재임을 인정할 때
서로를 향해 마음을 열 수 있다.

다름을 이해할 때 열리는 공감의 문

결혼생활 40년째지만 남편이 전혀 다른 사람으로 보일 때가 있다. 나는 남편을 느긋한 성격이라고 생각했다. 갑작스런 변화가 생겨도, 생각지 못한 고난이 닥쳐도 그는 평정심을 유지하는 듯했다. 그래서 솔직히 고백하건데 남편을 생각 많고 변화에 민감한 나와는 '틀리다'고 여겼다. 은연중에 변화에 민감한 내가 '맞고' 남편은 '틀리다'고 단정했다. 그런데 얼마 전 남편과 대화할 시간이 있었다. 그동안 있었던 남편 직장에서의 에피소드, 직장을 다니며 갈등했던 일들, 성장하면서 겪었던 혼란 등에 관해서 들을 수 있었다.

처음 듣는 남편의 히스토리였다. 그때 비로소 남편이 변화에 누구보다 민감했다는 사실을 알았고 그가 젊은 날 성장하면서 겪었던 고난과 이를 극복해간 과정을 알게 됐다. 남편을 이해하는데 큰 도움이 되었다. 요즘은 과묵한 줄만 알았던 남편의 입이 열리기 시작했다. '이렇게 말이 많았나?' 싶을 정도로 내 곁에서 많은 이야기를 한다. '우리가 대화할 시간이 없었던 거구나' 미안했다. 생각해 보면 남편이 가장으로서 지녔던 무게를 나는 그의 과묵한 성격으로만 여겼던 것 같다.

잘 알 것 같지만 사실 가장 모르는 존재가 가족이다. 가령 집에서는 엄격했던 남편이 밖에서는 자유롭게 살아가는 모습을 발견할 때가 있다. 무뚝뚝했던 아들이 친구들과 있을 때는 밝고 자기표현도 잘한다. 어떻게 해석해야 할까? 그런 순간을 맞이했다면 우리는 생각해 보아야 한다. 가족들의 대화가 폐쇄적이었나? 부모가 지나치게 엄격해서 자녀들이 자기표현을 어려워하는 것은 아닌가? 가족 안에서 이중언어를 사용하나? 자녀가 말을 안 듣는다고 해서 '집에서 나가, 너 같은 아이는 필요 없어'라며 마음과 다른 이중언어를 사용하면 부모의 권위는 떨어지고 아이들 역시 부모에게 진실을 털어놓지 않는다. 부모는 자녀가 오해하지 않도록 자기 마음을 진정성 있게 전달해야 한다. 가족이라고 해서 상처 주는 것을 쉽게 생각하면 안 된다.

'다른' 것과 '틀린' 것은 구분되어야 한다. 다른 것은 둘 이상의 인격체나 사물이 똑같지 않은 것이다. 틀리다는 것은 '하나는 맞고 다른 것은 틀리다'는 옳고 그름의 판단이 관여한다. 그렇기 때문에 상대가 나와 다르다는 것을 알려면 그 사람에 대한 이해가 있어야 한다.

물론 '열 길 물속은 알아도 한 길 사람 속은 모른다'라는 속담처럼 누군가의 마음을 알기는 꽤 어렵다. 그래서 복잡한 인간 심리를 조금이나마 짐작해보려고 심리검사가 개발됐다. 학자와 연구원들이 만든 심리검사는 각종 데이터를 근거로 만들기 때문에 결과가 어느 정도 맞아 떨어진다.

심리검사를 하든, 누군가와 대화를 나누든, 상담을 하든 우리는 자신과 타인을 이해하려는 노력을 꾸준히 해야 한다. 내가 나를 모르는데 상대방이 나를 이해할 수는 없다. 또한 부부, 자식이라 해도 나와 다른 인격체임을 잊어서는 안 된다. 그들 또한 내가 모르는 면을 가진 존재임을 인정할 때 우리는 서로를 향한 문을 열 수 있다. '너와 나는 틀리다'가 아닌 '다르다'로 인정하면 좋지 않을까?

가족의 사랑은 저절로 만들어지지 않는다

가까운 지인의 아들은 학교에 가기 싫어한다. 중학생인데도 공부를 싫어해 늘 게임만 하고 핸드폰을 손에서 내려놓지 못한다. 그러다 보니 부모와 신경전을 자주 벌인다. 가장 큰 문제는 꿈이 없다는 것이다. 아빠가 "공부가 싫으면, 다른 하고 싶은 일을 해봐"라고 해도 "하고 싶은 게 없어요"라고 말해 부모의 마음은 타들어 간다. 아들과의 갈등은 3년째 계속되고 있었다. 아이의 문제는 어디서 시작됐을까? 정말 아이에게만 문제가 있을까?

가족의 상황을 들여다보면 아빠는 늘 분주해 자녀들과 놀아줄 여유가 없다. 아내와 대화할 시간조차 없어 서로 오해만 쌓인다. 쌓여가는 오해는 자주 다툼으로 번졌다. 부부 불화는 자녀에게 감당하기 어려운 스트레스다. '부모가 이혼하면 어쩌지?'라는 불안이 생기고 불안은 집중력 저하로 이어진다. 그러니 성적이 좋을 리 없다.

나는 지인에게 아들의 문제를 해결하는데 앞서 부부관계 개선이 필요하다고 조언했다. 아이 문제도 아이 문제지만 젊을 때부터 부부 사이에 신경 써야 세월이 흐를수록 좋은 동반자, 마음 맞는 가족구성원으로 살아갈 수 있다. 그러기 위해선 하루 몇 십 분이라도 아빠는 가족과 교류하는 시간을 가져야 하며 틈날 때마다 아내와 대화해야 한다.

올바른 양육을 하려면 부부는 교육관이 같아야 한다. 그러려면 부부가 서로 다른 가치관과 성향을 가졌음을 인정하고 대화를 통해 서로 견해를 좁혀가는 과정이 반드시 필요하다. 자녀에게 문제가 생겼을 때는 상대에게 책임을 전가시키면 안 된다. 부부관계가 더 악화될 수 있다. 함께 양육하는 것이니 두 사람 모두 책임 의식을 가져야 한다.

또한 합의된 교육관과 교육원칙을 가지고 부부 중 한 명이 아이를 지도할 때 다른 한 명은 전폭적으로 이를 지지해 주어야 한다. 그렇다고 부모가 편을 먹고 아이를 야단치라는 말이 아니다. 부부 모두 아이에게서 등을 돌리면 아이는 의지할 곳이 없어진다. 한쪽이 아이의 잘못을 짚어준다면 다른 한쪽은 안아줄 수 있어야 한다. 또 자녀만 잘못한다는 인식을 주기보다 부모의 경험담을 공유하며 대화해나가는 것이 자녀의 마음을 여는 데 도움이 된다. 아이에게 완벽을 요구하지 않으며, 부모도 언제든 실수할 수 있음을 말할 때 자녀는 희망을 갖는다.

좋은 가족구성원으로 세월을 함께 보낸다는 것은 서로를 이해해나가는 과정인 셈이다. 우리는 다른 생각과 성격을 가진 인격체임을 인정해야 한다. 그러려면 일주일에 한 번, 20분 정도 가족회의를 하는 것이 좋다. 주제는 정하지 말고, 일주일 동안 살아온 이야기를 듣는 것이다. 이때 가족의 언어 스타일을 기록해두면 좋다. 평소 부정적인 언어를 많이 사용한다면, 칭찬과 격려 등 긍정적인 언어로 순화해야 한다.

또한, 가족의 화목과 부부의 행복이 자녀에게 정서적 안정을 가져다준다는 사실을 잊으면 안 된다. 불안한 마음이 있으면 게임에 더 집중할 수 있다.

자녀의 성적향상에 매달리기보다 자녀가 가진 재능을 발견해나가는 과정이 중요하다. 싫어하는 과목과 좋아하는 과목을 파악하고 적성검사도 실시해보자. 자녀와 함께 여행을 가고 다양한 문화 체험을 해보는 것도 좋다. 같은 성별의 아빠와 아들이, 엄마와 딸이 시간을 보내면 공감대 형성에 좋은 영향을 미친다. 무엇보다 자녀의 말에 경청해야 한다. 말을 중간에 자르는 행동은 자녀를 좌절하게 만들며, 부모에게 자신의 의견과 상황을 더 이상 말하지 않게 한다. 충분히 자기 생각을 표현하도록 돕는다면 발표력 향상에도 좋다.

부모는 자녀를 지나치게 가르치려 해서는 안 된다. 자녀의 생각이 마음에 안 들더라도 의견을 들어보고, 가끔 반영하라. 결과가 안 좋다면 스스로 생각할 것이다. 사람은 자기가 선택한 것에 대해 책임질 줄 알아야 한다. 자녀의 선택이 실패했다 해도 언성을 높여 마음을 다치지 않게 해야 한다. 사람은 실패와 실수를 통해 배운다는 것을 기억하자.

부모와 눈도 안 마주쳤던, 게임 중독이던 지인의 아들은 부모가 기다려주고, 격려하고, 대화하고, 가족 여행도 떠나면서 많이 좋아졌다. 부모의 기다림과 노력이 아이를 조금씩 회복시켜나가고 있었다.

중독되지 않았나요?

얼마 전 일이다. 약속이 있어 미팅 장소로 운전해 가고 있는데 내 앞차 운전자가 담배 피는 모습이 보였다. '담배꽁초를 어떻게 하려고?' 이상히 여기며 나는 그의 행동을 지켜보았다. 차가 잠시 멈췄을 때 그는 창문을 내리고 아직 불씨가 남은 담배꽁초를 차 밑에 슬쩍 버렸다. '저러다 큰 사고로 이어지지!' 그의 몰상식한 행동에 화가 난 나는 살짝 경적을 울렸다. '나보다 덩치 좋은 남자인데 보복하면 어쩌지?'라는 걱정도 했지만 나의 정의감이 두려움을 이겨내고 있었다. '모두 가만있는데 왜 나만 예민하게 반응할까?' 생각하며 집으로 돌아왔다.

요즘 많은 사람이 '중독addiction'이라는 단어를 즐겨 사용한다. 중독이라는 단어에는 기본적으로 부정적인 의미가 내포돼 있지만, 때에 따라선 긍정적으로 사용할 수 있다. 게임 중독과 도박 중독, 알코

올 중독은 긍정적으로 해석하기 어렵다. 하지만 일 중독은 열심히 사는 사람으로 해석되기도 한다. 자식 사랑에 중독되었다면? 대부분 훌륭한 부모라고 말하지 않겠는가?

그러나 아무리 긍정적인 의미를 내포하고 있다 해도 '사랑'도 중독되면 '집착'이 된다. 왜일까? 무엇이든 지나치면 병적 상태가 된다는 것은 이미 학문과 문화와 의학을 통해 증명됐다. 정의 중독은 어떠한가? 정의는 우리에게 희망을 주는 단어이다. 그러나 이 또한 지나치면 환영받지 못한다. 현실에서 사람들은 지나치게 털어내는 누군가를 좋아하지 않는다. 완벽한 사람은 없기에 적당한 정의감을 원하는 것이다. 현미경으로 한 사람의 삶을 분석해보면 문제없는 사람이 없다. 우리는 다수의 의견에 따라 행동하는 상황윤리에 익숙하다.

이쯤에서 습관과 중독을 비교해보자. 습관은 중독의 상위 개념이다. 그렇기 때문에 중독은 '오랫동안 되풀이하며 몸에 익은 행동'이라는 부정적인 습관의 개념을 가지고 있다. 최근 뇌 연구가 활발히 진행되면서 정신치료와 심리상담에 많은 도움을 주고 있다. 중독은 뇌에서 뿜어내는 도파민이라는 호르몬 부족이 원인이거나 성장하면서 받았던 스트레스나 충격으로 인해 생기기도 한다.

요즘 읽고 있는 책 중에 나카노 노부코의 『정의 중독』이 있다. 나카노 노부코는 책에서 SNS 댓글에 대해 언급한다. '얼굴이 드러나지 않는 댓글을 통해 사람들은 여론을 조장하기도 하며, 불특정 다수를 바보로 만들기도 하고, 살리기도 죽음에 이르게도 한다'라고 이야기한다. 더불어 '내가 무조건 옳다'라는 잘못된 정의감과 '고정관념이 주는 위험'에 대해 말한다. 즉 '다양성을 인정하지 않는 고립된 사고'는 '정의 중독'을 양성해 낼 수 있음을 지적한다.

다양성은 '다름'에서 출발한다. 타인에게서 배울 점을 찾는 겸손한 자세를 가진다면 '나만 옳고 당신은 틀리다'라는 생각을 가질 수 없다. 자신의 잘못된 정의를 옳은 일인 것처럼 주장한다면 이는 '정의 중독'이라고 할 수 있다.

경영철학자 앤더스 인셋은 『양자경제』라는 자신의 책에서 두 철학자를 비교한다. 합리주의 철학자 데카르트는 '나는 생각한다, 그러므로 존재한다'라고 말하며 자아, 주체에게 사고의 저작권을 부여했다. 그런데 데카르트의 이론을 뒤집은 이론이 나왔다. 실존주의 사상가 사르트르는 '나는 존재한다. 그러므로 생각한다'라고 말하며 자아는 사고 과정의 저작자가 아니며 의식과 이성 역시 언제든 마음대로 사용할 수 있는 것이 아니라고 했다. 자아와 사고를 바라보는 두 철학자의 이론은 다르지만 어느 한쪽이 '옳고 틀리다'라고 정의 내릴 수는 없다. 우리는 이 위대한 이론을 다양한 방향에서 분석하고 이해한다.

부정적인 습관으로 행동하는 '중독'에 빠져있다면 '다름'을 인정하는 열린 마음을 가질 수 없을 것이다. 중년이 되어간다는 것, 어른으로 늙어간다는 것은 깊이 생각하며 행동해야 하는 나이가 됐음을 인정하는 시기다. 나에게는 어떤 중독이 있을까? 습관을 돌아보고,

내가 가진 습관 중에 상식에서 벗어나는 행동이 있다면 고치도록 노력해야겠다. 물론 좋은 열매를 맺기까지 시간이 걸리겠지만 그것이 우리가 성숙하게 나이 들어가는 방식임을 잊어서는 안 된다.

알고 보니 내가 문제였다

요즘 일어나는 정치 관련 뉴스를 보면 서로가 서로를 탓하는 상황을 자주 보게 된다. 무엇이 잘못됐는지 분명하게 보이는 사안인데도 '남 탓'을 한다. 우리는 무언가 잘못되거나 실패했을 때 이를 남 탓으로 돌리는 경우를 흔히 경험한다. 나의 잘못을 인정한 뒤 책임지기 싫어하는 것은 인간의 본성이다.

운전하다 보면 이런 인간의 본성과 마주할 때가 많다. 교통사고가 났을 때는 누구의 잘못인지가 가장 큰 쟁점이다. 블랙박스가 없었던 시절, 사건을 객관적으로 따지기 전에 큰 소리부터 냈다. 목소리 큰 사람이 이겼다. 그래서 실수를 저지른 사람이 이를 인정하기보다 강한 자가 약한 자를 윽박지르는 쪽으로 상황은 흘러갔다. 사고 현장은 '욕실과 폭력'으로 아수라장이 되기 일쑤였다.

블랙박스가 생기고 목소리 큰 사람이 이기는 상황은 거의 사라졌다. 보험사에서 블랙박스에 찍힌 사고 영상을 면밀히 분석해 합리적인 해결이 가능해졌기 때문이다. 게다가 이제는 시민의식도 좋아져 자신의 실수를 타인에게 뒤집어씌우지 않는다. 객관적으로 상황을 보고 합리적으로 해결책을 마련해가려는 태도는 사고가 생겼을 때 일어날 수 있는 난폭한 감정을 잠재웠다.

도로 위 상황이 많이 좋아졌다고 해도 여전히 사고가 나면 당황스럽고 두렵다. 이때 누군가는 자신의 감정을 폭력적으로 드러낸다. 분노를 조절하지 못하는 사람들은 분쟁이 일어났을 때 힘의 논리로 상대를 제압하려 한다. 폭언을 퍼부으며 '상대가 잘못해 내가 이렇게 행동할 수밖에 없다'고 자기합리화를 한다. 함께 해결점을 찾아가려는 성숙한 태도는 감정조절이 어려운 이에게서 기대할 수 없다.

사실 인간의 본성은 '탓'이라는 언어로 가득하다. 어린아이를 보라. 친구와 다투거나 어른에게 혼날 때 아이들은 자신의 안위를 제일 먼저 걱정하며 본능적으로 남 탓을 한다. 자기통제와 감정조절에 미숙한 나이인 만큼 본능을 그대로 드러내는 것이다. '제가 잘못했습니다'라는 말은 대부분의 아이들에게서 기대하기 어렵다.

내면이 성장하지 못한 어른들도 아이들과 비슷하다. 불화를 겪는 가정이 있다고 가정하자. 그들은 가족구성원이 화합하지 못하는 이유를 끊임없이 남 탓으로 돌린다. '자녀가 사춘기라 부모에게 거친 말을 내뱉는다, 배우자가 가족에게 무관심하다, 부모가 내게 다정하지 않다' 등 서로를 향한 비난은 계속된다. 가족의 상황을 한 걸음 떨어져서 살피고 함께 문제를 해결해가려는 자세는 없다. 직장에서도 마찬가지다. 모든 문제의 원인을 동료, 후배에게 돌리다 보면 관계는 무너지고 직장생활은 더 힘들어진다.

내 잘못을 인정하고 책임지는 데는 용기와 성실함이 필요하다. 잘못을 고치려는 구체적인 방법을 고민하고 이를 꾸준히 실천해야 하기 때문이다. 인간의 행동양식은 오랜 시간 동안 생겨나기에 이를 고치려면 많은 시간이 걸린다. 그러나 어떤 일이 내 탓으로 벌어졌음을 자각하고 이를 책임지려 한다면 시간이 걸리더라도 언젠가 행동은 달라지고 성숙해질 수 있다. 자연스럽게 가족, 친구, 동료와의 관계도 좋아질 수밖에 없다.

물론 정의 구현을 위해 옳고 그름을 정확히 가려야 하는 순간도 있다. 무조건 내 탓이라 여기며 희생할 수는 없다. 그럴 때는 나의 잘못이 아님을 명확히 말하고 증명해나가야 한다.

삶의 정체성은 나의 선택과 행동 속에서 드러난다. 편안하지만 부끄럽고 비겁한 삶을 살아갈 건지, 힘들더라도 당당하고 성숙한 삶을 살 건지 스스로 선택해야 한다.

페르소나,
때에 따라 적절하게

상식이 있는 사람들과의 만남은 마음을 편안하게 해 준다. 무례하게 굴지 않고 상대를 배려해주기 때문이다. 대화를 나눌 때도 상대의 이야기에 경청하려고 노력한다. 얼마 전 나는 상식적인 사람들을 만나 맛있는 저녁을 먹으며 대화를 나눴다. 굳이 가면을 쓰지 않아도 되는, 좋은 사람들과의 행복한 시간이었다. 세상에 나와 마음 맞는 사람들만 있다면 얼마나 좋을까? 문득 그런 생각이 들었다.

그러나 세상에는 상식적인 사람만 있지 않다. 나와 다른, 상식이 통하지 않는 사람들을 만날 때도 있다. 다양한 사람과 인간관계를 맺다 보면 무례한 말을 내뱉거나 눈에 거슬리는 행동을 하는 사람도 만난다. 때론 그들과 같은 눈높이로 대화하는 일이 버겁게 느껴진다. 피할 수 있다면 좋겠지만 업무적으로 얽혀있거나 친인척 관계라면 마냥 피할 수도 없고 그들에게 상식을 가르칠 수도 없다.

'페르소나persona'는 가면을 뜻하는 라틴어이다. 상황에 맞게 다른 사람으로 변신하는, 인간의 다양한 정체성을 표현하는 심리학 용어이기도 하다. 우리는 상식적이지 못한 사람과 함께 있을 때 가면을 쓴다. 페르소나의 정의는 인문학자 김경집이 쓴 『6I 사고 혁명』에 자세히 나와 있다.

> '융에 따르면 인간은 사회적 위치와 타인과의 관계 등에 따라 각각 다른 가면을 쓰면서 또 다른 자아를 만들어 낸다. 가면, 즉 페르소나로서의 자아는 '내가 되고 싶은 나'와 '사람들이 원하는 나', 그리고 '사람들이 원하는 나의 실현으로서의 나' 등 다양한 방식으로 표현된다. 융은 다양한 페르소나의 표현을 위선이 아니라 '적절한 사회적 관계'를 맺는 윤활의 역할을 하는 것이라고 설명했다.'

융의 말을 빌리지 않아도 사회생활을 하는데 페르소나가 필요하다는 것을 우리는 느낀다. 가면을 쓰고 노래하는 방송이 있다. 많은 출연자가 가면을 쓰고 노래해 오히려 자신감이 생겼다고 말한다. 시청자들의 시선을 신경 쓰지 않을 수 있어 당당하게 노래를 불렀다는 것이다. 가면을 쓰는 것은 사회생활을 위한 선택이다. 가면을 통해 거짓과 위선을 보여주는 것이 아니라 원만한 인간관계를 위한 하나의 기술을 펼치는 것이다.

가면을 쓰는 것에도 삶의 지혜가 필요하다. '로마에 가면 로마법을 따라야 한다'라는 말이 있다. 내 생각만 고집하며 독선적으로 행동할 것이 아니라, 때와 장소에 맞춰 유연하게 대처하라는 의미다. 해외여행을 가서 그 나라의 특징과 문화를 알지 못한다면 실수하게 된다. 페르소나 역시 상대에 대한 이해가 전제되어야 성공적으로 실천할 수 있다. 만나는 사람에 대한 이해가 없으면 잘못된 가면을 쓰고 만날 수 있기 때문이다.

심리상담센터를 찾은 내담자들 중에는 상사와의 갈등, 고압적인 고객의 태도 때문에 힘들어하는 사람들이 있다. 그렇다고 고충을 털어놓는 이들에게 직장을 그만두고 자유로워지라고 할 수는 없다. 피한다고 모두 해결되는 것은 아니다. 그만두고 다른 직장에 간다 해도 원치 않는 사람과의 만남은 또 생길 수 있다. 그래서 나는 페르소나에 대해 이야기한다. 관계 맺기 어려운 사람과는 할 수 있는 한 최소한의 공적 교류만 가지고 만났을 때는 상대방의 말에 상처받지 않는 가면을 쓰고 있다고 상상하며 일하라고. 관계가 아닌 일에 집중하라고 말이다. 또 불안해하는 부분이 있다면 그 원인을 파악하라고 조언한다. 불안의 이유를 적어보고, 수정해야 할 부분을 체크해가며 문제를 직면하는 것이다.

가면을 쓰는 것만큼이나 벗는 것도 중요하다. 내가 진정 원하는 것은 무엇인지, 가장 잘하는 것은 어떤 것인지 때론 가면을 벗고 살펴봐야 한다. 그리고 이를 개발시켜야 한다. 은퇴 후 물고기가 물을 만난 것처럼 행복하게 사는 사람들이 있다. 그들은 직장에서는 주어진 일만 해 자신의 재능을 발견하지 못했는데 늦게나마 좋아하는 분야에 도전할 수 있어 행복하다고 말한다. 페르소나를 유연하게 활용하려면 타인에 대한 이해만큼이나 나 자신에 대한 이해도 중요하다.

페르소나, 나를 높이기도 낮추기도 하면서, 또 다른 인생을 연출해준다. 그러니 두려워하지 말고, 페르소나를 실천하라. 관계를 위한 연출이 끝났다면 나를 찾기 위해 가면 속에서 나오는 일도 잊지 말아야 한다.

내가 진짜로 원하는 게 뭐야

은퇴 후에 비슷한 질문을 많이 받는다. '잘 쉬고 있으시지요? 여행도 다니면서 즐기세요' 그동안 직장생활로 바빴으니 30여 년 만의 쉼이다. 쉬면서도 마음 한편으로는 '이렇게 놀아도 되나? 빨리 일해야지' 불안해했다. 직장을 쉬는 게 처음에는 편치 않았다. 그러나 시간이 흐르면서 나의 내면의 소리를 들을 수 있었다. 나는 그동안 일하고 살림하고 공부하며 시간을 잘게 나눠 쓰는 것을 좋아한다고 생각했다. 그러나 쉬는 동안 나는 음악을 듣고 차를 마시며 느긋하게 아침을 보내는 일을 즐겼다. 키우는 식물을 오랜 시간 가만히 들여다보는 일도 좋아했다. 직장인으로, 한 가정의 아내이자 엄마로 살다 보니 내가 그런 일들을 좋아한다는 사실을 미처 깨닫지 못했을 뿐이었다.

'니가 진짜로 원하는 게 뭐야'라는 제목의 유명한 노래가 있다.

우리는 타인의 시선에 갇혀 '네'가 원하는 것과 '내'가 원하는 것을 구별하지 못할 때가 많다. 그런데 지난 수십 년간 수많은 사람을 만나고 상담하며 깨달은 바는 나를 알아야 타인을 알고, 타인과 내가 다르다는 것을 인정해야 원만한 관계 속에서 미래를 열 수 있다는 것이었다.

프로이트의 심리학에 기초해 나를 찾아가는 의식의 지도는 크게 세 가지 방향으로 그려진다. '의식적으로 반응하는 나, 무의식 속의 나, 타인의 눈높이에서 행동하는 나'이다. '의식적으로 반응하는 나'는 외적으로 행동하는 주체이다. '타인의 눈높이에서 행동하는 나'는 나라고 착각하면서 행동하는 거짓 주체일 가능성이 크다. 그렇기 때문에 인생의 많은 부분을 '타인의 눈높이'에 맞춰 살아간다면 원하는 것을 가져도 허전하고 삶에 대한 만족도가 크게 떨어질 수 있다. 외적으로 드러난 욕망은 나의 욕망이 아닌 타자의 욕망이었음을 알게 된다. 예를 들어보자. 나는 틈틈이 역사 공부하는 게 재미있는데 세상은 역사 공부가 돈이 안 되니 경제학을 공부하라고 한다. 이때 내가 외치는 마음의 소리를 외면한 채 세상의 소리에만 반응한다면 스트레스는 쌓이고 쌓이다 언젠가 폭발하거나 공부를 포기하게 만든다.

그렇다면 진정한 나를 찾기 위해 우리는 무엇에 귀 기울여야 할까? 무의식이 내는 소리, 즉 내면 깊은 곳에서부터 나오는 외침을 들어야 한다. 내가 진정 원하는 것이 무엇인지 알아야 한다. 인간관계도 마찬가지다. 타자의 욕망을 욕망해야 하는 상황에 놓이면 우리는 거절하지 못한다. 체면과 자존심으로 거짓 나를 연출하며 상대의 기분을 살핀다. 나의 생각보다는 상대방 입장을 생각하니 도저히 거절할 수 없다. 그러나 거절은 문제를 해결하는데 있어 최선의 단서가 되기도 한다. 나의 행복을 위해 타인의 욕망을 거절해야 할 때는 거절해야 한다.

타인의 욕망에 맞춰 살다보면 자연스레 남 탓을 많이 하게 된다. 인생을 내가 결정하고 이끈 것이 아니라 누군가에 의해 결정되고 따른 것이 되기 때문이다. '탓'은 '만약, 했더라면'이라는 가정을 하게 만들고 사람을 과거 시제 속에 살게 한다. 그래서 후회스런 과거에 머무는 삶을 살지 않으려면 나의 내면을 살피는 시간이 반드시 필요하다. 그렇다고 나의 내면만을 들여다보며 타인의 욕망은 무시하라는 이야기가 아니다. 다만 나의 내면과 타인의 욕망 사이에서 균형을 맞추라는 뜻이다. 내 몸과 마음이 타인의 욕망 쪽으로 지나치게 기울었는지, 또는 나의 욕망만을 바라는 것은 아닌지 살피라는 것이다.

가끔은 거짓의 옷을 벗어 던지고, 민낯으로 거울을 보자. 민낯이 초라하고 밋밋해 보일 수도 있다. 하지만 미리 겁먹을 필요는 없다. 화려함만이 아름다움은 아니다. 타인이 만들어 낸 인공화 된 작품에 우리는 너무 익숙해졌다. 가끔은 내면에서 원초적인 미와 진실을 찾아야 하며 세상살이에 부서지고 찢긴 자신의 욕망에 응원의 박수를 보낼 수 있어야 한다.

TIP

사랑한다면 다름을 이해하라!

수십 년을 살았지만 알다가도 모르는 것이 부부 사이
몇 가지 지침만 잘 지킨다면 함께 늙어 가며 건강한 소통을 할 수 있다.

❶ 자존심은 멀리 던져 버려라

젊을수록 '나는 옳고 너는 틀리다'는 자존심 싸움을 벌일 때가 많다. 둘 중 한 명이 '내가 잘못했다'고 말할 때까지 싸움은 계속된다. 그러나 옳고 그름을 가리는 자존심 싸움은 되도록 피하는 것이 좋다. 화가 활화산처럼 끓어올라도 서로의 입장과 감정을 차분히 들여다보아야 한다. 그러려면 상대를 존중하는 마음, 다름을 인정하고 소통하려는 자세가 있어야 한다.

❷ 지혜로운 바보가 되라

바보가 되라는 말은 어리석게 굴라는 의미가 아니다. 이해관계를 넘어 서로를 향한 진실한 마음이 있어야 한다. 지혜로운 바보가 되는 것이다. 논리적으로 따지고 정확히 계산하기보다 주변 상황을 살피며 가족이 화합할 수 있는 방법을 찾아야 한다.

❸ 서로 자존감을 세워주자

직업과 직위는 사회가 입혀준 옷일 뿐 가정에서 부부는 그저 한 가정의 남편, 아내가 된다. 사회에서 위치가 어떻든 부부는 서로 소중히 여기며 자존감을 높여주어야 한다. 자존심을 내세우기보다 상대의 자존감을 높여준다면 서로를 향한 겸허한 마음을 가질 수 있다.

❹ 함께 움직이며 쉼의 공간을 만들라

집안일을 함께할 때 가정은 쉼의 공간이 된다. 은퇴 이후 집에서 함께하는 시간이 많다면 협업은 반드시 필요하다. 맞벌이 부부라면 어느 한 사람에게 집안일이 몰리지 않도록 배려해야 한다. 일방적인 헌신을 요구하면 지치게 된다. 지치면 불평이 생기고 불평이 쌓이면 좋은 말이 나오기 어렵다. 말이 거칠어지면, 행동도 거칠어지고 마음에 상처가 생긴다.

⑤ 사랑의 에너지를 지켜나가자

성생활은 부부가 함께 살아가는데 있어 중요한 요소 중 하나다. 법적으로 허락된 권리이자 서로를 향한 사랑의 약속이다. 그러니 신뢰가 깨지지 않도록 부부에게 허락된 선물을 소중히 다루어야 한다. 회복과 치유, 사랑의 에너지를 함께 지켜나가도록 노력하자.

⑥ 자녀를 위해 사랑의 씨앗을 심어라

부부의 사랑과 행복을 보고 자란 자녀는 정서적으로 건강하다. 부모의 모습을 자연스럽게 보고 배우며 자신과 타인을 존중할 줄 안다. 그러나 부부가 다투는 모습을 보며 성장한 자녀는 부정적인 성향이 될 수 있다. 부부가 자녀의 미래를 위해 사랑의 씨앗을 심자.

⑦ 건강하게 비판하라

살다보면 잘잘못을 따져야 하는 순간도 온다. 그때는 상식적으로 비판해야 한다. 감정을 앞세우기보다 이성적으로 상황을 분석하고 차분하게 행동하려고 노력해야 한다. 그러려면 평소에 상식적으로 생각하는 습관을 키우자. 상황을 객관적으로 판단할 수 있어야, 힘든 상황이 닥쳐도 부부 사이에 감정의 골이 깊어지지 않는다.

⑧ 상처 주는 언어는 피하라

언어는 인격을 대변한다. 말에는 한 사람을 살릴 수도 죽일 수도 있는 힘이 있다. 가정에서 이중언어를 사용하지 않아야 한다. 마음에 없는 말로 상대를 비꼬거나 혼란을 주면 이를 자녀가 배운다. 만약 상처 되는 말과 행동을 했다면 배우자와 자녀에게 즉시 사과할 줄 알아야 한다.

⑨ 서로에게 집중하라

자녀에게 신경 쓰느라 부부 사이 소통을 소홀히 하는 이들이 있다. 그러나 자녀를 챙기는 것만큼 부부관계도 신경 써서 관리해야 한다. 가정의 중심에 부부가 있음을 잊어서는 안 된다. 부부가 행복해야 자녀도 행복하다.

⑩ 하루를 넘기지 말고 화해하라

말다툼을 하고 한 달이 넘도록 화해하지 않는다면 갈등의 골은 점차 깊어지고 이는 하나의 습관으로 남는다. 좋은 습관을 만들어야 가정이 행복하다. 부부의 그릇된 선택이 가족구성원을 불행하게 만든다. 싸우는 것도 습관이며, 행복한 것도 습관이다.

CHAPTER 3

귀 기울이는 순간
열리는
마음의 문

경청은 상대를 이해하고 공감하려는 따뜻한 마음에서 시작된다.
어른이 되어갈수록 우리 모두가 소중한 존재임을 깨닫는다.
이를 깨닫는 순간 일상에서 자연스레 경청을 실천할 수 있다.

들어주는 것만으로도 아이는 성장한다

재작년 생일 외손자로부터 뜻밖의 선물을 받았다. 육십 평생 수많은 꽃다발을 받았지만 손자가 전해준 꽃다발은 어떤 선물과도 비교할 수 없을 만큼 벅찬 감동을 안겨주었다. 초등학교 6학년이 되니, 용돈을 아껴 선물을 할 줄 알고 기특했다. 꽃다발과 함께 카드도 주었다.

할머니께!
생신 축하드려요! 할머니한테 자주 찾아가야 하는데 멀어서 그러지 못했어요. 죄송해요. 할머니 이제부터는 과일 조금만 드시고, 밥도 조금만 드시고, 운동은 자주하셔서 건강하게 오래오래 사세요. 앞으로 남은 인생, 꽃길만 걸으세요. 사랑해요.

손자 정민건 드림

첫 손자가 태어나던 날의 떨림과 기대를 아직도 생생히 기억한다. 세상 무엇과도 바꿀 수 없는 보물을 얻은 느낌이었다. 손자는 자라며 큰 행복을 안겨주었다. 울음소리, 옹알이, 더듬더듬 서툴게 말을 배워가던 모습, 나는 손자가 내뱉는 모든 소리에 귀 기울이며 반응했다. 하루가 다르게 성장해가는 모습을 지켜보았다.

손자는 여전히 어린아이지만 이제는 제법 타인의 감정도 살필 줄 알고 양보도 할 줄 안다. 요즘은 손자들이 별 탈 없이 건강하게 자라기를 매일 기도한다. 기도는 손자를 위한 기도로 시작되었다가 어느 순간 세상 모든 아이들에게로 뻗어나간다. 아이들이 따뜻한 인생을 살며 힘들 때 가족과 이웃의 도움을 받을 수 있기를 바란다. 그리고 아이들이 자라나 어려운 사람을 도우면 좋겠다. 더불어 사는 사회가 우리 아이들 손에서 피어나기를 꿈꿔본다. 그러려면 우선 어른들이 의미 있는 유산을 물려줘야 한다.

내가 죽고 난 다음 누군가 손자에게 "할머니는 어떤 분이셨어?" 하고 물으면 손자가 이렇게 답했으면 좋겠다. "한평생 부지런하고 성실하게 사셨어. 그리고 이웃을 사랑하는 법을 아는 분이셨지." 남은 생 손자들에게 사랑이 무엇인지, 인간답게 사는 건 어떤 건지, 가족과 어떻게 소통해야 하는지 직접 실천하며 보여주고 싶다. 그래서 지금 이 순간 열심히 운동하고, 심리상담센터 업무에 열정을 쏟고, 가족과 대화를 나누며 늘 새로운 것을 배우려고 노력한다. 무엇보다 아이들의 목소리에 귀 기울이려고 한다.

손자의 옹알이와 노랫소리에 박수치던 시절을 떠올려본다. 우리는 서로의 소리를 듣고 반응하며 기쁘게 소통했다. 재작년 생일 카드를 통해 오랜만에 손자의 목소리를 들을 수 있었다. 여러 번 카드를 읽으며 앞으로도 손자와 편지를 주고받는 멋진 할머니로 늙어가기를 꿈꿨다. 부모와 자녀, 스승과 제자, 어른과 아이, 서로 다른 세대의 소통은 아이의 몸과 마음을 성장시킨다.

손자와 오래 교류하려면 꼭 기억해야 할 사항이 있다. '잔소리하기보다 손자의 말을 많이 들어주기, 힘들고 괴로워할 때 위로와 지지 보내기, 눈 마주칠 때마다 사랑을 가득 담아 웃어주기'이다.

늙었다고 해서, 나이 많은 어른이라고 해서 아이에게 훈수 두고 시시콜콜한 것까지 가르칠 필요는 없다. 그보다는 아이와 대화할 수 있도록 열심히 책도 읽고 글도 쓰면서, 트렌드를 배워나가는 것이 중요하다. 타인을 이해하고 사랑할 줄 아는 건강한 정신을 가꿔나가는 자세가 필요하다. 그러고 보면 인생 뭐 있을까. 손자들과 어울리며 시답잖은 이야기에도 깔깔거리는 게 행복 아닐까.

내 자녀의 분노를 들어주세요

상담센터를 찾아온 지성이(가명)의 부모는 아들이 폭력적인 성향으로 인해 교우 관계에 문제를 겪는다고 했다. 그런데 학교에서 문제를 일으킨 지성이와 상담하다 보니 뜻밖의 사실이 밝혀졌다. 어느 날 지성이는 학교 복도에서 친구와 대화를 나누고 있었다. 대화하고 있는 두 사람 사이로 민호(가명)가 지나가면서 지성이의 발을 의도적으로 걷어찼다. 화가 난 지성이는 민호의 발을 똑같이 걷어찼고 문제는 시작됐다. 사실 이 사건은 계속 괴롭힘을 당하던 지성이가 참다못해 폭발한 일이었다. 다음날 민호는 지성이를 벽에 밀치고, 마구 주먹질을 했다. 지성이는 자기 방어를 위해 민호의 뺨을 한대 때렸는데 그만 턱이 빠지고 말았다. 반면 친구들 앞에서 억울한 소리를 듣고, 주먹으로 수없이 맞은 지성이는 등에 멍만 들었을 뿐이었다. 한순간 지성이는 학교폭력의 피해자에서 가해자가 돼 교육청까지 가게 되었다.

민호는 자신이 가지고 있는 정서적 분노를 자기보다 약한 또래를 선택해 집중적으로 공격했던 것으로 보인다. 지성이가 자기표현을 하지 않았다면, 민호는 지성이를 계속 괴롭혔을 것이다. 하지만 지성이의 이야기를 제대로 듣지 않은 어른들은 문제의 원인을 폭력적인 성향의 지성이에게 있다고 생각했다.

이 사건에서 우리는 경청이 얼마나 중요한지 깨닫는다. 부모는 자녀의 말에 적극적으로 경청해야 한다. 자녀가 밖에서 겪은 일을 부모에게 솔직히 말할 수 있도록 평소 자녀의 말을 자르거나 무시해서는 안 된다. 경청은 마음으로 듣고, 진심으로 반응하는 것이다. 부모와 자녀 사이의 대화는 경청을 통해 이뤄진다. 일방적인 훈계는 대화가 아니다.

자녀가 친구 관계로 괴로워하는데, '네가 참아야 된다. 친구를 사랑해야 한다. 네가 나쁘고, 잘못했다'는 말로 자녀의 상황을 이해하지 않는다면 다음에는 죽을 만큼 힘들어도 부모에게 말하지 않는다. 대화를 나눌 때 일단 자녀 편에서 마음을 열고 들어야 한다. 그런 다음 자세한 상황을 알아보는 것이 좋다. 자녀가 자신의 고통을 말할 수 없어 극단적인 선택을 할 수 있음을 명심해야 한다. 고통을 호소하는 자녀에게 비난하는 말을 해서는 안 된다. 자녀의 아픔은 그 순간 최고의 고통이다. 어렵지만 함께 풀어가려고 노력해야 한다.

부모가 명심해야 할 것이 있다. 자녀를 폭력으로부터 지키려면 아닌 것은 아니라고 말할 수 있게 훈련시켜야 한다. 거절할 수 있는 용기를 길러줘야 한다. 소심하거나 내성적인 아이들은 강한 친구에게 겁먹고 자기표현을 못할 수 있다. 그래서 자녀가 착한 아이 신드롬에 묶이지 않고 살아가도록 도와야 한다. 우선 가정에서부터 자녀가 소신 있게 말할 수 있는 환경을 조성해줘야 한다. 고압적인 태도의 부모에게 늘 움츠려 산다면 아이는 자신을 지킬 힘을 키우기 어렵다.

한 사람을 타깃으로 삼아 괴롭히는 아이들이 있다. 자기보다 약하거나 착한 아이들, 자기표현을 잘 하지 않고 우유부단한 아이들을 만만하게 여긴다. 자존감이 지나치게 낮거나 가정에서 환영 받지 못하는 아이도 어려움에 처할 수 있다. 자신감도 키우고 신체도 강화시킬 겸 자녀에게 자기 방어를 위한 운동 한 가지쯤은 가르치는 것이 좋다. 힘은 타인을 괴롭히기 위해서가 아니라 자신을 지키고 약자를 돕기 위해 필요하다. 운동은 자녀가 자신감을 갖는 동기가 된다.

한 가지 더 기억할 점은 내 자녀도 가해자가 될 수 있다는 것이다. 만약 내 자녀가 가해자라면 더 늦기 전에 심리상담 등을 통해 원인을 찾아야 한다. 부모가 모르는 심리적 문제가 있을 수 있다. 때로는 훌륭한 부모와 살아도 기질적으로 대인관계에 어려움이 있거나 폭력적일 수 있다. 이런 성향이 자리 잡기 전 심리검사 등을 통해 치유할 수 있게 가족이 도와야 한다.

미안하다고 말해주세요

심리학 관련 자료, 서적 등을 살피다 보면 다양한 유형의 범죄를 접할 때가 있다. 얼마 전 읽은 한 책에는 부모가 자녀의 마음은 살피지 않은 채 강한 심리적 압박을 가한 사례가 소개됐다. 지난 2000년 자식이 부모를 죽이는 끔찍한 사건이 일어났다. 부모를 죽인 청년은 교도소에서 심리학자와 인터뷰하며 부모에 대한 원망을 드러냈다.

"미안하다고 말해주기를 바랐어요."

청년은 어려서부터 형과 비교 당했으며, 부모의 못다 이룬 꿈을 강요받곤 했다. 어머니는 명문대 출신이었으나 아버지는 그렇지 못했다. 중매로 결혼한 두 사람은 서로의 사회적 위치에 불만을 품고 있었다. 특히 어머니는 한때 영부인이라는 원대한 꿈이 있었기에 자신의 삶에 만족하지 못했고, 세월이 흐를수록 히스테리만 늘어갔다. 부부는 자식들이 대신 꿈을 이뤄주기를 바라며 공부에 압박을 가했다.

공부를 잘하는 큰아들은 부모에게 나름대로 만족을 주었으며, 스트레스를 풀 수 있는 정서적 에너지도 가지고 있었다. 그러나 작은아들은 부모가 기대하는 성적에 미치지 못했다. 게다가 부모와의 잦은 갈등으로 성격은 갈수록 어두워졌다. 부모는 두 아들이 서울대에 가길 원하며 쉴 틈 없이 공부를 밀어붙였다. 성적이 올라도 또 다른 목표를 제시했다. 부모의 정신적 학대를 받으며 자란 작은아들, 그러니까 끔찍한 사건을 저지른 청년은 힘겹게 살아갔다. 부모가 바라는 목표가 너무 높아 끊임없이 불안과 긴장, 자괴감에 시달리며 자신도 모르게 복수의 칼을 갈았다.

어려서는 부모의 말을 따랐지만 성인이 되자 오랫동안 억눌렸던 감정이 폭발했다. 청년은 부모를 죽인 뒤 토막 내 나누어 버리는 엽기적인 사건을 저질렀다. 청년은 심리학자에게 말했다. 자신의 머릿속에는 늘 야단치고 비교하는 부모의 목소리가 가득 차 있었다고. 부모가 한 번쯤 자신의 이야기를 들어주고 '상처 줘서 미안하다'고 말해주기를 바랐지만 끝내 듣지 못했다고. 청년은 부모가 못다 이룬 꿈을 이루기 위한 도구가 아닌 한 인격체로 자신을 대해주기를 원했다.

상대의 이야기에 귀 기울이려는 태도는 기본적으로 존

중하는 마음이 있어야 한다. 이해하고 공감하려는 따뜻한 마음에서 경청은 시작된다. 나이를 먹을수록, 어른이 되어 갈수록 반드시 깨달아야 할 사실이 한 가지 있다. 우리는 누구나 소중한 존재로 태어났으며, 어느 한 개인의 소유물이 아니라는 것, 그리고 이를 깨달았다면 일상 속에서 자연스럽게 경청을 실천할 수 있다.

아무리 나이 어린 자식이라 해도, 까마득한 아랫사람이라고 해도 구석에 몰리도록 야단을 치거나, 피할 길을 주지 않고 폭력을 가한다면 관계는 극단적인 방향으로 치달을 수 있다. 관계에 있어 권위가 필요할 때도 있겠지만, 그 권위는 소통과 경청이 바탕이 되어야 함을 기억해야겠다.

내면의 경청은 빛을 향한 통로

나 자신에 대해 누구보다 잘 알고 있다고 믿지만 실은 그렇지 못한 경우가 많다. 내가 들려주는 내면의 이야기에 집중해야 나와 공감하고 소통할 수 있고 건강한 몸과 마음을 유지하며 앞으로 나아갈 수 있다. 심리상담센터가 주최한 세미나에서는 각자 자신의 이야기를 고백하는 시간을 갖는다. 얼마 전에는 분리불안이 세미나의 주요 화두로 떠올랐다. 어린 시절 부모로부터 잦은 분리를 경험한 사람은 그렇지 않은 사람보다는 분리불안이 심할 수 있다. 흔히 맞벌이 부부의 자녀들에게 많이 나타나는 현상으로 엄마의 손길이 절대적으로 필요한 시기에 부모 등 익숙한 사람 외의 타인의 손에 맡겨졌을 때 분리불안을 겪는다.

분리불안은 아동·청소년 시기에 4% 정도 나타나며 7~8개월에 가장 흔하게 나타난다. 성인이 되어서도 익숙한 것과 갑자기 떨어져야 하는 충격적인 사건을 경험했다면 분리불안이 생길 수 있고 이는 집착으로 연결되기도 한다. 물론 내적으로 단단한 사람은 이 고비를 잘 넘긴다. 세미나에 참여한 30대 여성은 어린 시절 부모로부터 체벌을 받아 깜깜한 장소에 혼자 남겨졌고 이는 큰 상처로 남았다. 성인이 된 지금도 느닷없이 공포가 몰려온다고 했다. 부모는 체벌로 아이의 생각과 행동이 변할 것이라 기대하지만 오히려 상처로 남는 경우가 많다. 체벌은 일시적으로 행동을 바꿀 뿐 장기적으로는 원망과 상처로 남는 것이다.

체벌은 안 하는 편이 제일 좋겠지만 어쩔 수 없이 해야 한다면 차분한 설명과 함께 서로 이해할 수 있는 조건 아래서 결정해야 한다. 아이에게 화가 났다고 해서 감정적으로 행동한다면 아이는 부모에 대한 부정적인 감정을 가지고 자라며 우울감과 폭력성이 높아진다.

어린 시절 어두운 기억이 분리불안을 만들었다면 우리는 그때의 나와 마주해야 한다. 두려움에 떨고 있는 그 아이의 마음을 읽어주고 어깨를 도닥이며 응원해주어야 한다. 스스로 일어나 밖으로 나아갈 수 있을 때까지 말이다. 세상 누구나 마음속에 빛과 어두움을 가지고 있다. 우리는 두 가지의 마음을 잘 경영해야 하기 때문에 매 순간 지혜롭게 선택해야 한다.

마음 경영을 잘 하려면 미래를 바라보는 일만큼이나 과거를 살피는 일도 중요하다. 무의식 속에 있는 상처를 밝혀내 새로운 질서를 만들어야 한다. 인간은 방어기제로 무의식의 깊은 수렁을 만든 뒤 기억하고 싶지 않은 사건들을 마구잡이로 던져놓는다. 그러기에 자기도 알지 못하는 아픔이 결정적인 순간 드러날 수 있다. 좋은 환경에서는 좋은 모습만 보여 줄 수 있지만, 부정적인 환경에 노출된다면 또 다른 얼굴이 나타나기도 한다. 우리 안에는 다중인격의 요소가 다분히 들어있다. 이는 성향에 따라 질병이 될 수도 있으며, 균형을 잡고 살아가는 요소가 될 수도 있다.

내 안의 여러 모습을 좋은 방향으로 활용하려면 결별 연습이 필요하다. 그것이 나쁜 습관이든, 어두운 기억이든, 사람이나 물건을 향한 집착이든, 익숙한 것을 버릴 때 새로운 것을 얻는다. 결별은 또 다른 출발이고 성장이다. 그러려면 내면을 들여다보는 일이 우선되어야 한다. 나 자신에 대한 고찰 없이 익숙하지만 결별해야 할 것들을 가려낼 수는 없기 때문이다.

지금 무질서한 어둠 속에서 내 마음이 울고 있지 않은가? 한 달에 한 두 번이라도 나에게 질문을 건네보자. 따로 시간을 내기보다 지하철을 타고 가다, 혹은 점심을 먹으며, 잠자리에 들어서 짧게나마 자신에게 가장 힘들었던 순간은 언제였는지, 그 힘든 기억이 현재에 미치는 영향은 무엇인지 생각해보는 것이다. 나를 만나는 시간이 익숙하지 않을 수도 있다. 그러나 과거를 짚어보고 어두운 내면과 결별하는 시간 속에서 우리는 새로움을 향해 나아가게 된다.

사랑을 실천하는 가장 쉬운 방법

'사춘기 자녀와 갱년기 어머니가 싸우면 누가 이길까?'라는 질문에 많은 사람들이 '갱년기 어머니가 이긴다'라고 답한다. 저물어가는 쓸쓸함을 어린 혈기가 뛰어넘기 어렵다는 말이다. 늙어가며 호르몬의 변화가 일어나고 이를 스스로 통제하기 어려울 때가 있다.

나도 갱년기를 겪으며 아무것도 아닌 일에 섭섭해 하곤 했다. 각종 성인병을 친구 삼아 살아가야 한다는 슬픈 이야기가 멀리 있지 않았고 어쩌면 내게도 일어날지 모를 일이었다. 인생의 전환점에서 가장 필요한 것은 가족의 위로와 이해, 사랑이었다. 자주 섭섭해 하고 온몸의 통증과 심리적 불안, 우울을 겪을 때마다 남편이, 그리고 자녀가 여름 장마철의 우산이 되어주고 한겨울 두툼한 외투가 되어주었다. 젊은 시절에는 일하느라 바빴던 남편은 아내의 변화를 보며 이제는 가족을 살피고 위로해야 할 시기임을 깨닫는 듯했다.

아이들은 성장하기 위해 몸부림을 치지만, 아내는 인생의 가을을 맞이하기 위해 몸과 마음의 고통을 겪는다. 그렇게 변화를 겪고 난 뒤에야 행복해질 수 있다. 남편은 남편대로 노년으로 향하는 길목에서 역할의 변화를 느낀다. 자녀는 질풍노도의 사춘기, 아내는 감당하기 어려운 갱년기를 겪는 것을 보며 중재자이자 위로자가 되어 그들을 어르고 달래는 것이다.

변화와 성장, 성숙의 시기를 대나무에 빗대어볼 수 있다. 대나무는 마디가 또렷하며 성장 속도가 빠르다. 환경에 따라 다르지만, 하루에 왕대는 60cm 이상 자란다고 하며 많이 자라는 대나무는 120cm까지도 자란다. 수년 동안 뿌리에 비축한 영양을 한 번에 끌어올려 성장하는 대나무를 보면 변화와 성숙에 대가가 필요하다는 것을 깨닫는다.

예쁘게 피어오른 한 송이 꽃도 그냥 피지 않았다. 봄여름가을겨울 사계절을 지나며 때로는 가뭄을, 때로는 거친 눈보라와 천둥을 견디며 꽃을 피웠다. 갱년기 역시 다르지 않다. 가족구성원이 겪는 당혹스러운 변화를 모두 공유하며 견뎌야 한다. 변화의 과정이 고통스럽더라도 남편의 사랑, 아내의 이해가 있다면 이겨낼 힘이 생긴다. 그런 가족의 사랑은 천하를 얻은 것과 다름없는 에너지가 돼 다가온다.

온 가족이 변화의 시기를 성숙을 위한 과정으로 만들기

위해 노력해야 한다. 상대의 이야기를 들어주고 위로와 이해의 지지자가 되어주어야 한다. 내 이야기를 들으며 고개를 끄덕여주는 것, 눈을 맞추며 이해한다고 말해주는 것에는 굉장한 치유의 힘이 있다. 그러고 보면 사랑은 이해하고 인내하면서 기다려주는 것이다.

러시아의 대문호 톨스토이가 쓴 단편소설 『사람은 무엇으로 사는가』에는 '인생의 목적이 어디에 있는가'에 대한 답을 찾는 과정이 기술돼 있다. 톨스토이는 소설의 주요 인물을 통해 '사람은 사랑으로 산다'고 말한다. 사람은 사랑을 만들고 나누어주며 살아간다. 그리고 사랑을 실천하는 가장 쉬운 방법은 상대의 이야기를 들어주고 이해해주는 것이다. 사랑만이 인생에 갑자기 불어 닥친 겨울 북풍을 몰아내고 따뜻한 햇볕을 가져오며 봄날을 선사한다. 양지에 새싹이 움트게 만들어준다.

타자의 욕망을 욕망하지 말자

30대 초반의 한 여성은 결혼보다 일이 더 재미있다. 그러나 주변에서 결혼적령기이니 어서 서두르라고 하는 탓에 결혼에 관심을 두기 시작했다. 그녀는 어느 순간 자신의 욕망이 결혼에 있다고 생각하며 부지런히 소개팅과 선을 보러 다녔다. 30대 중반을 넘기면 금세 40대로 접어들고 결혼이 많이 늦어질 수도 있다는 이야기에는 조바심까지 났다. 이 시기를 놓치면 사회적으로 한참 뒤처질 것만 같았다. 열심히 미래를 향해 나아가는 그녀, 그런데 소개팅을 하고 집으로 돌아오는 길 마음은 왜 헛헛한 걸까?

인생을 살아가며 우리는 수많은 선택의 순간과 맞닥뜨린다. 내가 원하는 세계를 선택하기를 바라지만 현실은 녹록치 않다. 내가 원하는 것과 현실 사이에 괴리가 생기면 선택의 저울은 어느 한쪽으로 기울게 된다. 안정적인 삶을 살아온 사람은 대체적으로 현실과 타협

하는 원만한 해결방법을 선택할 것이다. 그러나 도전적이며 자유로운 삶을 살았다면 그는 자신이 원하는 바에 좀 더 충실할 것이다.

정신분석학자이자 정신과 의사였던 라캉은 인간이 원하는 바를 '욕구need, 요구demand, 욕망desire' 세 가지로 구분해 설명했다. 욕구는 본능적으로 원하는 것, 즉 생리적 욕구가 일어났을 때를 의미한다. 요구는 욕구를 언어화된 기호로 말하는 수단이다. 우리는 타인에게 무언가를 요구한 뒤 원하는 것은 얻을 수도, 얻지 못할 수도 있다. 이런 간극 사이에서 우리는 타인에게 사랑받고 인정받기를 바라는 욕망이 생겨난다. 채워지지 않았던 욕망은 성장하면서 갈등 요인이 되고 끊임없이 확장해가며 결핍을 만든다.

욕망은 채우고 채워도 끝내 채워지지 않는다. 깨진 독에 아무리 물을 부어도 바닥을 드러내는 것과 비슷한 원리이다. 그러므로 우리는 나이 들수록 욕망의 늪에서 허우적대기보다 자신이 행복할 수 있는 것을 찾고 선택해야 한다. 무작정 타인의 욕망을 따라가기보다 내가 가장 잘 할 수 있는 것과 감사할 수 있는 것들이 무엇인지를 생각해야 한다.

둘러보면 나의 의지와 선택으로 바꿀 수 있는 것들이 꽤 많다. IQ는 30~50% 유전적 영향을 받고 노력에 따라 50% 이상 성장하면서 달라질 수 있다고 한다. 사람의 키도 유전적인 영향을 받는 경우는 33%에 불과하며, 67%가 환경의 영향을 받는다고 하니 타고난 것보다 길러지는 요소가 더 많다. 운동으로 왜소했던 몸을 건강하게 가꾼 사례도 심심치 않게 만난다.

또한 나의 욕망이 가져온 결핍으로 인해 불행하다면 내려놓음을 실천해보자. 『결핍을 즐겨라』의 저자이자 대학교수인 최준영은 "비어 있어야 다시 채울 수 있습니다. 결핍은 희망을 품고 있는 가능성입니다"라고 말했다. 만약 마흔을 지나 쉰을 바라보고 있다면 이제 조금씩 욕망을 내려놓는 연습을 해야 한다. 가지고 있는 욕망을 모두 채우기보다 불필요한 것은 버리고 내가 진정 원하는 것을 실천해야 한다. 선택과 집중으로 지혜로운 노년을 준비해 나가는 것이다.

나이 든다는 것은 결국 성숙을 향해 나아가는 과정이다. 타인이 아닌 내가 진정으로 원하는 것이 무엇인지 깨달아야 하는 때이다. 지금, 나 자신에게 용기 내 물어보자. 내안의 갈등은 무엇인가? 내가 가장 잘할 수 있는 것은 무엇인가? 현실에서 해결할 수 있는 키워드와 행동은 무엇인가?

타인의 욕망이 아닌 나의 욕망에 귀 기울여 그에 대한 답을 얻었다면 천천히 이를 실천해 나가는 용기와 결단이 필요하겠다.

무게를 내려놓을 때 소통은 시작된다

"후배들 챙기고 가족과 어울리는 게 힘드네요."

상담하다 보면 사회적으로 성공했지만 자연스러운 인간관계를 맺는 데 어려워하는 이들과 종종 만난다. 그들은 일과 사람 사이의 균형을 맞추지 못해 혼란스러워한다. 일을 사랑하는 사람은 목적 지향적인 반면 사람을 좋아하는 이는 관계 지향적이다. 물론 일과 사람 사이의 관계를 모두 조화롭게 가꿔나가는 이들도 있다. 그러나 어느 한 쪽으로 치우친 성향이라면 일이 삶의 이유이며 목표가 된다. 인정받으려는 욕구가 강하다는 것이다. 반면 사람을 중심에 둔 성향이라면 관계를 원만히 유지하는데 집중할 것이다.

일 중심의 사람은 때에 따라 인간미 없는 냉혈한으로 보일 수 있다. 특히 성공한 사람들 중에 가족과의 교류는 뒤로 한 채 일에만 집중해온 사례가 많다. 그는 자녀와 아내를 위해 자신의 삶을 기꺼이 헌신했다고 여기지만 가족들은 생각하는 바가 다르다. 그가 있어 행복했다기보다 그와 가족들 사이에 어두운 커튼이 내려진 듯한 느낌을 받는다. 그가 어떤 사람인지 모르겠으며 소통하기도 어렵다.

대기업 임원으로 일해온 한 지인은 수십 년 넘게 일 중독으로 살아오다 은퇴 이후 큰 혼란을 겪었다. 임원으로 살아온 그는 가정에서도 권위적이었다. 하지만 은퇴 이후 하루 종일 가정에 머물며 더는 권위를 내세울 수 없었다. 게다가 공감대 없는 아내와 무슨 대화를 나누고 다 큰 자녀들과 어떻게 시간을 보내야 할지 알지 못했다. 직장 업무 외에는 모든 게 미숙했던 그는 아내의 도움 없이 간단한 은행 업무조차 보지 못했다. 그래서 아내는 아내대로 그를 따라다니며 하나하나 돌봐줘야 하는데 부담을 느끼고 있었다.

자녀가 철이 들어 부모에게 효도하려고 하면 부모는 이미 세상을 떠나 있듯이, 자녀도 부모를 기다려 주지 않고 빠르게 성장한다. 자녀와 어릴 때부터 좋은 추억을 많이 쌓았다면 가족은 앞으로도 행복과 고난을 함께 나눌 수 있는 충분한 에너지가 쌓여 있다.

중년을 지나 노년을 향해 간다는 것은 결국 목적보다 관계에 관심을 기울인다는 뜻이다. 그러니 다른 사람들과 어울리며 따스함을 느끼고 마음의 여유를 찾아야 한다. 인간은 궁극적으로 사랑이라는 불멸의 가치를 발견하고 실천하면서 살아가기 때문이다.

한평생 가족을 위해 열심히 일하느라 소통의 방식을 미

처 깨닫지 못했다는 이에게 나는 우선 들어주는 것으로 소통을 시작하라고 조언한다. 그동안 내세웠던 권위를 내려놓고 가족, 친구, 후배의 이야기에 귀를 여는 것이다. 아내가 즐겨보는 드라마를 같이 보며 이야기 나누고 아이들이 좋아하는 가수의 노래도 들어보도록 하자. 처음에는 어색할지 몰라도 듣다 보면 나와 다른 세대가, 나와 다른 성별의 누군가가 어떤 가치관과 생활방식으로 살아가는지 알아가는 재미가 있다.

인생은 끊임없이 변화를 거듭한다. 그리고 변화는 노년에도 계속된다. 나이 든다는 것은 외적으로 보이는 변화를 발견하는데서 더 나아가 내면의 이야기를 듣는 과정이다. 무게를 내려놓고 조금은 가볍게, 편안하게 사람들에게 다가가는 것이다. 우리는 그 시간 속에서 점점 성숙해지는 나 자신을 발견할 수 있다.

Q

경청하며 누군가를 위로했던 적이 있었나요?
따뜻했던 그 순간을 떠올려보세요.

CHAPTER 4

삶은 선택과 관리의 완성

노년을 바라보며, 또는 노년을 맞이하며
우리는 경제력과 시간 관리에 더욱 신경 써야 한다.
일과 휴식의 균형을 맞추며 다시 오지 않을 이 순간에 따스한 생명을 불어넣자.

돈이 주는 가치의 재정립

지난 설 연휴 손자들이 색색의 예쁜 복 주머니를 준비해왔다. 아이들의 관심은 자연스럽게 세뱃돈으로 향했다. 초등학교 2학년 손자는 할아버지, 할머니에게 세배를 하고 오만 원을 받았고 세 살 동생은 삼만 원을 받았다. 그런데 왜인지 형이 동생에게 다가가 자신이 받은 오만 원과 동생의 삼만 원을 바꾸자고 했다. 아무것도 모르는 동생은 기꺼이 돈을 바꾸어주었다. 가족 모두 큰아이의 행동에 당황했다. 어떤 게 더 가치 있는지 아무리 설명해줘도 이해하지 못했다.

"지폐 개수는 적어도 오만 원이 더 가치 있는 거야."

자세히 설명해주었지만 개수가 많은 것을 선택하겠다고 고집을 부렸다. 어른들은 '큰아이가 아직 돈에 대한 개념이 없구나' 결론을 내렸다. 오히려 어른들이 큰아이의 선택을 아쉬워했다. 아이는 왜 설명해주었는데도 금액보다 개수에 마음이 끌렸을까? '개수가 곧 가치'라는 생각에서 벗어나지 못했기 때문이다. 큰아이도 돈의 가치를 알고 나면 지금의 행동을 후회할 것이다.

큰아이의 순수함과 단순함을 보며 웃었지만 사실 그 일은 나를 돌아보는 계기였다. 그 일을 계기 삼아 나는 돈의 가치를 제대로 알고 살아가는지 살피게 되었다. 자본주의 사회에서 돈은 생활의 윤택함과 안정을 보장해주는 수단이 된다. 인생을 살아가는 데 있어 돈은 반드시 필요하다. 그래서 때론 돈을 벌기 위해 수단과 방법을 가리지 않는다.

어찌됐든 우리는 인정할 수밖에 없다. 노년의 삶이 풍요로우려면 돈의 가치를 깨닫고 이를 관리하는 능력이 필요하다는 것을. 그러니 개수가 아닌 가치를 볼 수 있는 안목을 키워야 함을 말이다. 경제학자들은 '돈을 잘 관리하려면 돈의 흐름을 읽는 연습이 필요하다'고 강조한다. 물론 월급 받는 직장인이 돈의 흐름을 읽는다는 게 말처럼 쉽지 않다. 그래서 공부하며 나름의 경제관념과 돈에 대한 가치 철학을 세워야 한다.

보다 나은 노년을 위해 나는 요즘 경제 관련 다양한 책을 읽고 있다. 일본 파이낸셜아카데미 대표인 이즈미 마사토가 쓴 『부자의 그릇』에는 '남들이 나를 평가하는 신용도에서 돈이 생긴다'라고 기술

돼 있다. 이즈미 마사토는 돈 때문에 저지른 실수 대부분이 잘못된 타이밍과 선택으로 인한 것이라고 말한다. 돈을 벌기 위해서는 적절한 타이밍에 투자하고 사용해야 좋은 결과를 얻을 수 있다.

『부자 아빠 가난한 아빠』 시리즈를 펴낸 로버트 기요사키는 내 자녀에게 대를 이어 가난을 물려주지 않으려면 돈을 버는 법과 관리하는 법을 전수해주어야 한다고 말한다. 주식투자 등 합법적인 경제 활동과 세금 관리 등을 어려서부터 지도한다면 자녀는 경제적으로 안정된 생활을 할 수 있다. 데시마 유로가 쓴『가난해도 부자의 줄에 서라』에는 "부자들의 근검절약을 배우고 그들이 종자돈을 만들어 부를 늘리는 방식을 따라하는 것이 곧 부자가 되는 지름길"이라고 나온다.

경제적으로 풍요롭고 싶다면 우선 부자들이 지닌 삶의 자세를 들여다보아야 한다. 실천이 곧 성공으로 이어지지는 않겠지만 행동하지 않으면 아무 것도 이룰 수 없다는 것만큼은 확실하다. 그러나 경제관념을 바로 세우되 돈이 우상이 되어서는 안 된다. 돈이 우상이 되는 순간 마음은 정도正道를 잃고 만다.

얼마 전 만난 지인은 돈을 버는 목적이 분명했다. 값지게 쓰기 위해 열심히 벌고 있다며 도움이 필요한 곳이 생기면 형편이 되는대로 기부한다고 했다. 선한 일에 투자하는 일은 나를 위한 저축이 된다. 시간 관리와 재정 관리는 행복한 노년을 위한 필수요건이다. 계획적이며 균형 있는 관리는 몸과 마음이 잘못된 길로 가지 않게 도와준다.

인생은 속히 지나가더라

독일로 여행을 간 적이 있다. 메뉴판을 들고 온 종업원이 서툰 한국말로 "빨리빨리"라고 말했다. 그들은 우리를 향해 "언니, 예뻐"라는 칭찬도 아끼지 않았다. 한국인에게 친근감을 전하는 표현이 '빨리빨리'라니, 조급해하고 서두르는 이미지로 한국인이 각인된 건 아닌지 아쉬웠다.

조급함은 우리 일상에 깊이 들어와 있다. 그러나 조급함을 버리고 여유를 가지면 우리 삶은 달라진다. 생활 속에서 5초의 미덕을 실천해보는 것이다. 누군가에게 화났을 때 5초만 생각하고 말하면 다툼은 줄어든다. 상대에게 내뱉고 싶은 거칠고 부정적인 말도 5초만 참았다가 하면 말의 강도와 뉘앙스가 좋은 쪽으로 전환된다. 5초의 미덕은 감정순환에 유익하다.

물론 인생은 시간과의 싸움이기에 대부분 시간 관리에 민감하다. 잘 살고 싶다는 마음은 시간을 아끼고 싶다는 욕망으로 이어진다. 하지만 다르게 생각해보자. 조급함과 부지런함이 다르다는 것을 우리는 누구보다 잘 안다. 조급함은 빨리 성과가 나오기를 바라며 마음을 졸이는 것이다. 여기에는 다른 사람을 다그치는 행위도 포함된다. 반면 부지런함은 성과에 얽매이지 않고 지금 이 순간 주어진 일에 최선을 다하는 것이다.

각자에게 주어진 시간은 유한하다. 내 젊은 날을 돌이켜보면 시간 관리가 적절치 않았음을 반성하게 된다. 젊을 때는 쇠털같이 많은 날이 있다고 여겼다. 그러나 60년 넘게 살아보니 세월은 생각보다 빠르게 흘렀다. 목적 없이 살면 시간을 낭비하기 쉽다. 그동안 열심히 살았다고 자부했는데 되짚어보니 속절없이 흘려보낸 자투리 시간이 많았다. 식사시간, 청소시간, 이동하는 시간 등을 활용해 사람들과 교류하고 무언가를 배우는 시간으로 충분히 쓸 수 있었는데 그렇게 하지 못했다. 자투리 시간 하면 작가 박완서가 떠오른다. 아이 다섯을 키우며 마흔에 작가로 등단한 박완서의 이야기는 시간 활용에 대한 개념을 바꿔놓는다. 그녀는 집안일을 하고 난 뒤 생긴 자투리 시간에 글을 써 존경받는 작가로 거듭났다.

자투리 시간을 활용하는 것 외에도 시간을 소중히 다루는 방법이 있다. 우선순위를 정해놓고 시간을 쓰는 것이다. 어느 사안이 더 중요한지 고민한 뒤 시간 분배를 달리해보자. 돌이켜보면 일을 처리할 때는 빠르고 신속하게, 사람을 대할 때는 여유롭고 신중하게 시간을 써야 했다. 나는 대체로 일에 더 많은 시간을 쏟아 부었다. 그러다 보니 가족과 교제하고 이웃에 봉사하는 시간이 부족했다. 시간을 쓰는 것은 생명을 소비하는 것과 같다. '시간이 생명'이라는 말도 있지 않은가. 18세기 프랑스의 계몽가 볼테르가 사람들에게 수수께끼를 냈다.

"세상에서 가장 짧고 빠르며 느린 것, 나뉘어 있지만 가장 크며 무시당하지만 사람들을 안타깝게 만드는 것, 이것 없이는 아무것도 할 수 없는 것, 세상 모든 것을 사라지게 하지만 위대한 것들은 계속 살아 있게 하는 이것은 무엇일까?"

사람들이 답을 찾지 못하자 볼테르가 지그시 웃으며 말했다. 정답은 시간이라고. 시간은 무궁무진하지만 계획이 많은 사람에게는 가장 짧은 것이기도 하다. 시간을 통해 누군가는 무한히 발전하지만 누군가는 무시하며 흘려보내기도 한다. 시간은 많은 것을 사라지게 만들고 위대한 것은 계속해서 회자되게 한다. 18세기 미국의 사상가 벤저민 프랭클린은 '기억하라. 시간은 돈이다'라고 말했다. 그러나 나는 '시간은 생명'이라고 말하고 싶다. 인간은 시간 속에서 존재하며, 존재의 소중함을 깨닫는다.

노년을 바라보며, 또는 노년을 맞이하며 우리는 더욱 소중히 시간을 사용해야 한다. 선한 이들과 어울리며 건강을 지키기 위해 운동과 올바른 식습관을 유지해나가야 하고 일과 휴식의 균형을 맞추며 일상을 보내야 한다. 긍정적인 생각으로 앞날에 밝은 기운을 불어넣어주는 것도 중요하다. 무엇보다 하릴없이 시간을 흘려보내지 않으려면 장기적인 계획과 단기적인 계획을 세워 이를 실천해나가야 한다.

'나이 들수록 시간의 길이가 짧게 다가온다'라는 속설이 있다. 남은 시간에 대한 아쉬움이 이런 속설을 만들어낸 건 아닐까. 다시 오지 않을 시간에 따스한 생명을 불어 넣어보자. 앞으로 어떻게 살아야 할지 계획이 떠오를 것이다.

반복과 연습으로 지혜로운 선택을 하자

오늘 하루도 머릿속은 생각으로 가득 차있다. 무엇을 먹을지, 발표는 할지 말지, 무슨 운동을 몇 시간 동안 할지 생각한 뒤 우리는 다양한 선택을 한다. 끊임없이 선택하며 인생의 나아갈 방향을 고민한다. 능동적인 선택은 행동력을 높이고 좋은 선택은 의미 있는 결실을 맺는다.

메이비족Generation Maybe이라는 신조어가 있다. '타인의 의견에 과잉 의존하며 병적으로 결정을 지연하거나 타인에게 위임하는 사람들'을 일컫는 말이다. 메이비족에는 결정장애와 비슷한 의미가 담겨 있다. 선택이 주는 책임을 피하려는 마음이 들어있다. 선택과 책임은 어른이 지녀야 할 가장 큰 덕목인데도 말이다.

결혼하고 중년이 다 되어 가는데도 부모에게서 독립하지 못하는 이들이 있다. 결혼하면 부모로부터 경제적·심리적·정서적 독립을 해야 한다. 경제적으로 의존하게 되면 부모로부터 자유로울 수 없으며 노년의 삶을 살아야 하는 부모에게도 부담이 된다. 결혼한 자녀는 부모에게 적은 금액이나마 용돈을 드리고 섬길 때 어른으로 성장한다.

가끔 텔레비전에 소개되는 고부갈등 사례에서 아들이 아내보다 어머니를 더 의지하며 모든 선택을 어머니에게 맡기는 경우를 본다. 노년에 자녀 문제는 빼놓을 수 없는 한부분이다. 더욱이 중장년의 자녀가 부모로부터 독립하지 못했다면 고민해야 할 부분은 커진다. 인생 후반전을 준비할 시기에 자녀 문제에 힘을 쏟아야 하기 때문이다.

독립은 한 번에 이뤄지지 않는다. 어릴 때부터 자녀가 홀로서기를 꾸준히 연습할 수 있도록 부모가 발판을 마련해주어야 한다. 자녀 교육 문제로 센터를 찾은 내담자들에게 이런 조언을 하면 "어떻게 독립을 훈련하나요?"라고 질문한다. 나는 작은 일부터 자녀 스스로 선택하게 하라고 말한다. 다양한 사안을 선택하다 보면 분명 실수할 때도 있을 것이다. 이때 자녀의 미숙함을 탓하며 선택의 주도권을 뺏어선 안 된다. 자녀는 실수를 통해 다음에 좋은 선택을 할 수 있는 지혜를 배운다. 이런 과정 없이 부모에게 의존해온 자녀는 성장해서 큰 실패를 경험할 수 있다.

어려서부터 경험한 크고 작은 시행착오가 성공적인 선택을 할 수 있는 자양분이 된다는 사실을 잊지 말자. 최고의 선택은 최고의 결과를 만든다. 우물쭈물 망설이다 선택할 수 있는 타이밍을 놓치면 기회와 성공은 멀어지고 만다. 선택도 습관이다.

한때 선택불가증후군을 겪다가 극복한 최훈 작가는 자신의 저서 『선택과 결정은 타이밍이다』에서 긍정적인 선택을 하는 방법을 제시한다. 그는 실패하고 좌절한 기억이 있다 해도 이를 잊어야 한다고 말한다. 그 일을 계속 생각하며 자신을 원망한다면 다른 결실을 맺지 못하기 때문이다. 또한 미숙한 선택을 한 자신을 용서해야 한다. 끊임없이 자신을 격려해야 삶에 동기 부여를 할 수 있다.

실존주의 철학자 사르트르는 '자신만의 가치를 만들고, 삶에서 고유의 의미를 찾아가는 책임은 우리 각자에게 있다'고 말한다. 인생은 나의 선택으로 만들어진다. 메이비족처럼 결정장애가 있다면 매일 자신감을 갖고 선택하는 훈련을 해나가야 하겠다. 선택에 실수가 있어도 자신을 믿어주는 것이다. 그리고 가족과 친구에게 '좋은 선택을 하는 연습 중이니, 기다려달라'고 말해야 한다. 그렇게 조금씩 해나가다 보면 좋은 결과를 얻는다.

살아가면서 선택의 순간은 계속 찾아온다. 선택의 순간이 여전히 힘들다면 한편의 그림을 그린다고 생각하자. 내가 하는 선택으로 한편의 인생 명화를 만든다는 자신감을 가져보자. 그런 노력 속에서 인생의 지혜는 쌓여간다. 다만 결정의 주인공은 나여야 한다. 반복과 연습을 통해 당신도 유능한 결정자가 될 수 있다.

내려놓고 비울 때 충만해지는 자존감

점심시간 산책할 때 종종 마주치는 한 중년 여성은 머리부터 발끝까지 커다란 진주 장식을 하고 있었다. 타인을 크게 의식하지 않는 듯 발걸음은 당당했다. 화려하게 치장한 사람을 보면 떠오르는 이가 있다. 나이 육십에도 그녀의 머리는 늘 10cm 이상 올라와 있었으며 화장도 독특했다. 짙은 눈썹 문신과 강렬한 패션, 향수 냄새에 시선이 갔다.

우연히 알게 된 그녀는 명문대를 졸업했으며, 부모의 각별한 사랑을 받았다. 아들 자랑을 많이 했지만, 남편에 대한 이야기는 없었다. 그녀는 평범한 인간관계를 맺지 못했다. 자존감이 필요 이상 높아 어느 자리에서든 늘 주인공이 되어야 하며 조금이라도 자존심에 상처를 입으면 날카로운 반응을 보였다. 사람들은 그녀를 가까이 하는 것에 부담을 느꼈다. 그녀는 리더에게 잘 보이려는 욕심이 많아 조직에서 높은 직위에 있는 사람과 만나면 자신이 특별한 존재임을 과시했다. 동료들에게 그녀는 눈에 가시였고 결국 조직에 정착하지 못한 채 떠나야 했다. 나는 그녀의 과장된 행동과 모습 속에 아픔이 있을 거라 예상했다. 우리 행동 가운데 의미 없는 것은 없다. 성장하며 상처를 받았거나 어떤 사건으로 심하게 자존감을 다쳤을지 모른다. 때론 열등감이 우월 콤플렉스Superior complex로 나타나기도 한다. 아들러는 '우월 콤플렉스를 가진 사람은 자신이 초인적인 재능과 능력을 지녔다고 믿는 태도, 견해 등을 분명하게 드러내며 자신이나 다른 사람에게 과도한 요구를 한다'고 말했다.

필요 이상 높은 자존심과 겉치레, 격에 맞지 않는 복장과 행동, 지나치게 남성적인 여성, 지나치게 여성적인 남성, 교만과 감정의 범람, 강자에게는 약하고 약자에게는 강하며, 타인을 평가 절하하는 행동도 우월 콤플렉스의 특성이다. 또한 나르시스 성향이 있어 자신을 너무 많이 사랑한 나머지 자기 방어가 크게 나타나기도 한다. 우월 콤플렉스와 열등 콤플렉스Inferior complex는 거울의 양면과도 같은 특성을 가진다. 화려하고 싶은 본인의 욕망과 초라한 현실 사이의 괴리를 견딜 수 없을 때 거짓 자아가 발동하기 때문이다. 열등감의 표출을 우월감으로 포장한 것이다.

열등감을 어떻게 관리해야 우월 콤플렉스에 갇히지 않고 더 나은 나로 거듭날 수 있을까?

첫째, 자신을 정직하게 받아들이고, 약점을 인정해야 한다. 둘째, 베일에 싸여 있는 거짓 자아를 드러내는 것이다. 셋째, 밖으로 보이는 모습을 두려워하지 말아야겠다. 타인에게 보여주는 민낯을 견딜 수 없을 때 우월 콤플렉스는 시작된다. 넷째, 약점을 강점으로 만드는 과정이 필요하다. 나에게 없는 것만 욕망한다면, 인생은 불편할 뿐이다. 있는 것이 무엇인지 돌아보고, 감사할 것들을 열거해 보자. 나를 우울하게 만드는 것들을 기록하고 냉철하게 분석하자. 스스로 실천하기 어렵다면, 주변에 믿을 만한 가족, 친구에게 도움을 청하자. 자신에게 솔직할 때 도움의 손길을 만날 수 있다.

과하다고 생각되는 것은 내려놓는 것이 좋다. 내려놓는 것은 부끄러운 일이 아니다. 다만 나의 열등감을 인정하면서 그 원인을 찾아가는 과정이 중요하다. 나의 단점에 사람들은 별 관심을 갖지 않는다. 오히려 나의 과장된 행동과 언어를 비난할 따름이다. 나의 민낯을 바라보며 버릴 것은 버려야 한다. 그러려면 우선 자신에게 정직해야 한다. 나는 나다울 때 아름답다. 현실을 인정할 때 건강한 지금을 맞이할 수 있다. 뜻밖에 장소에서 좋은 만남이 생기는 것처럼 말이다.

자녀의 든든한 정신적 지지자 되기

'열손가락 깨물어 안 아픈 손가락 없다'는 속담이 있다. 부모는 모든 자녀를 같은 마음으로 사랑한다는 뜻인데 우리 사회 다양한 가정사를 들여다보면 꼭 맞는 말도 아니다. 부모가 형제 중에 유독 한 아이에게만 애정을 갖는 경우도 있다. 상담하다 보면 어린 시절부터 부모가 다른 형제만 편애해 성인이 된 뒤에도 여전히 마음의 갈등을 겪는다는 내담자들과 만난다.

80세 지인 가족의 사례도 여기에 속했다. 그는 삼 형제를 두고 있었는데 부모의 편애로 큰 아이는 우월 콤플렉스를, 막내는 열등 콤플렉스를 겪고 있었다. 그래서 중년인데도 형제는 만날 때마다 우열을 다퉜다. 각자 가진 재능이 다르지만 아버지는 늘 형과 동생을 비교했다. 열등감에 빠진 막내는 아버지에게 인정받기를 애타게 기다렸다. 막내는 사회에서 대인관계가 원만한 편이었지만 누군가 자존심을 건드리면 감정 절제가 안 됐다. 자신을 인정해주는 사람을 만나면 들뜬 감정을 감추지 못하다가도 때론 누가 말하지 않았는데도 자신의 부족함을 가감 없이 드러냈다. 피해의식을 가지고 살면서 부모의 사랑과 관심을 갈망했다.

부모로부터 사랑받지 못한 자녀는 다른 곳에서 이를 채우려고 노력한다. 그렇기 때문에 부모는 자녀가 자신의 길을 끝까지 걸어갈 수 있게 기다려주어야 한다. 다른 사람과 비교하지 않고 온전히 자녀가 자신의 능력을 발휘할 수 있게 도와야 한다. 부모의 욕심과 목표를 위해 자녀를 저울질한다면, 자녀는 부모를 존경하지 않고 원망할 뿐이다.

아들러는 열등 콤플렉스와 우월 콤플렉스를 분리해 설명했다. 완벽한 사람은 없기에 세상 모든 사람이 한두 가지 콤플렉스를 가지고 살아간다. 에이스만 모아놓은 조직도 그 안에서 우월과 열등의 논리로 서열을 나누고 인간관계로 인해 힘들어한다. 니체는 『인생론, 어떻게 살 것인가』에서 '열등 콤플렉스는 본능적으로 존재 가능한 감정이며, 해결을 요구하는 고통스러운 긴장과 비슷하다'라고 했다. 열등 콤플렉스는 부족하다는 마음에서 비롯되며 부족한 부분을 채운다면 문제가 해결된다는 뜻이다.

생각해보면 일상에서 열등감은 수시로 찾아온다. 그때마다 좌절하기보다 합리적인 방법으로 해결해가는 지혜가 필요하다. 니체는 열등감을 극복하기 위해 노력한다면 이는 성장 동력이 될 수 있다고 말했다. 자신의 약점만을 바라보기보다 강점을 발견해 개발시킬 때 열등감은 극복된다.

부모로서 자녀를 성장시키고 싶다면, 또 어떤 고난도 이겨낼 수 있을 만큼 건강하게 만들고 싶다면, 자녀의 열등감을 들춰내 자극해선 안 된다. 그보다 자녀가 자신의 강점으로 시선을 돌리게 해야 한다. 부모에게 인정받지 못해 자녀가 힘들어한다면 '미안하다'고 말하고 칭찬과 격려의 언어로 자녀에게 행복의 길을 열어주어야 한다. 그러나 부모에게 상처받은 중년이라면 부모의 나이가 너무 많아 상황이 달라지기 어려울 수 있다. 그럴 때는 자녀 스스로 정서적 독립을 해야 한다. 지금이라도 늦지 않았다. 부모에게 자신의 생각과 주장을 담대하게 말하라. 이는 가슴속에 쌓인 감정을 털어내는 계기가 될 수 있으며 나이 많은 부모라고 해도 자녀의 진심을 어느 정도 느낄 수 있다.

중년은 자신의 가치와 의미를 스스로 발견해 흔들리지 않아야 할 시기이며 선택의 시간이기도 하다. 부모가 준 아픔과 상처에서 벗어날 것인지, 머무를 것인지 결정하고 관리해 나아가야 하는 때다.

물론 아무리 나이를 먹어도 부모가 물려준 상처에서 벗어나기는 어렵다. 그럼에도 불구하고 우리는 끊임없이 상처에서 벗어나려고 노력해야 한다. 상처에서 벗어나 나는 부모와 다른 자녀의 든든한 정신적 지지자가 되어야 한다. 더 나은 삶을 향해 한 걸음씩 나아가야 한다.

일상의 소중함을 지금, 여기서

우리는 더불어 살아갈 때 시너지를 얻는다. 성품에 따라 조금 다르겠지만 대부분 고립된 환경을 견디기 힘들어 한다. 얼마 전 코로나19로 사회적 거리두기가 시행되면서 우리는 고립이 주는 우울을 경험했다. 가족, 친구와 만나지 못하고, 사회적으로 교류하지 못해 침체된 일상을 보내야 했다. 코로나19를 겪으며 많은 이가 일상에 감사하게 됐다고 한다. 내일이 아닌 오늘에 집중하게 됐으며 수많은 오늘이 모여 미래가 된다는 사실을 깨달았다.

일상을 알차게 가꿔나가는 일은 생각만큼 어렵지 않다. 기회가 있을 때마다 감사하는 마음을 표현하는 것만으로도 풍성한 삶을 살 수 있다. 그러려면 감사와 사과의 표현을 상황에 맞춰 그때그때 해야 한다. '간직해두었다가 나중에 해야지, 말하지 않아도 알겠지'라는 생각은 버려야 한다. 다양한 소통방법이 있지만 '지금, 여기서

Here&Now'에 기초한 소통만 충실히 실천해도 원만하고 깊이 있는 인간 관계를 맺을 수 있다. 무엇보다 가족에게 '사랑한다'는 표현을 자주 하는 것이 좋다. 얼마 전 우연히 본 한 예능 프로그램에서 사회자가 출연자에게 미션을 주었다. 누나에게 고마운 마음을 표현하라는 미션이었는데 동생은 끝내 '고맙다, 사랑한다'는 말을 전하지 못했다.

한국인들은 가족끼리의 애정 표현에 유독 인색하다. 부부 사이에도, 부모와 자식 간에도 사랑한다는 말을 아낀다. 자녀가 어릴 때는 잘 표현했는데 성인이 되고 나니 표현이 쉽지 않다고 고백한다. 서로 잘 알고 있기에, 굳이 낯간지럽게 표현하지 않아도 될 거라고 생각한다. 그러나 아무리 가까운 사이여도 말하지 않으면 '나에게 관심이 없구나' 오해할 수 있다. 가족의 사랑도 꾸준히 돌보고 가꿔나갈 때 좋은 열매를 맺는다.

청개구리의 우화를 떠올려보자. 청개구리는 평소 어머니 말을 듣지 않고 반대로 행동했다. 어머니는 아들에게 "내가 죽으면 강가에 묻어 달라"고 말했다. 아들이 늘 반대로 행동했기에 강가가 아닌 산에 묻을 거라고 예상했던 것이다. 그러나 청개구리는 어머니가 살아계실 때 속을 썩였으니 유언만큼은 들어주고 싶었다. 그래서 어머니 무덤을 강가에 만들고 비바람이 치고 폭우가 내릴 때마다 무덤이 떠내려갈까 봐 슬피 울었다.

어긋난 소통과 오해는 비극을 불러오는 법이다. 가까운 가족이라고 해도 예외는 없다. 제대로 소통하지 않으면 상대의 마음을 읽지 못한다. 그리고 상대가 전한 말의 의미를 정확히 파악하지 못해 잘못된 말과 행동을 하게 된다. 지금 이 순간, 마주 앉은 존재를 소중히 여겨야 하는 이유가 여기에 있다.

사시사철 푸른 소나무에서는 송진이 나온다. 솔기름松脂이라고도 하는데, 각종 연료나 연고제, 도료, 의약품 등에 쓰인다. 송진 속에는 다량의 피톤치드가 들어있어 매우 유익하다. 변하지 않는 소나무 속에 실은 굉장한 힘이 들어있는 것이다.

잔잔한 일상 속에 나를 지키는 힘이 있음을 잊지 말자. 노송의 아름다움이 일상 속에서 완성됐듯 우리 인생도 일상 속에서 아름다운 사연을 만들어낸다는 사실을. 지금이라도 '사미고', '사랑합니다, 미안합니다, 고맙습니다'를 가족에게 아낌없이 표현해보자. 일상의 아름다움이 인생의 아름다움으로 이어질 것이다.

TIP

스케줄, 중요한 것을 우선순위로

누구에게나 24시간이 주어진다. 그런데 나이 들수록 왜 시간이 줄어드는 느낌일까?
효율적인 시간 경영, 어떻게 해야 할지 살펴보자.

❶ 지금 나의 시간 활용도를 진단하라

효율적으로 시간을 관리하고 싶다면 내가 지금 시간을 어떻게 사용하는지 살펴야 한다. 현재의 시간 사용이 곧 나의 생활 방식을 반영하기 때문이다. 어떤 일에 시간을 많이 쓰는지 확인하고 그 일이 내 삶에 얼마나 중요한 영향을 끼치는지 진단하자. 나를 돌아보는 시간이 되고 계획을 세우는 바탕이 된다. 습관을 고치는 것이 고통스럽겠지만 그것은 분명 내 삶에 큰 변화를 가져올 것이다.

❷ 목표에서 벗어났다면 가지치기 하라

시간을 활용해 달성하고 싶은 목표가 무엇인지 명확히 알아야 한다. 그리고 목표에서 벗어난 자질구레한 일들은 가지치기 해나가는 것이 좋다. 예를 들어 가족과의 소통이 목표라면 텔레비전, 인터넷, 게임 등을 하며 흘려보내는 시간은 줄이도록 한다. 대신 가족여행, 남편과의 티타임, 가족모임 등에 더 많은 시간을 쓴다.

❸ 구체적인 계획표를 만들어라

시간을 세분화한다면 알뜰하게 활용할 수 있다. 자유롭게 시간을 쓰는 이들에게는 부담스럽겠지만 '오전, 오후에 할 일' 정도로만 시간을 나눠도 활용도는 높아진다. 크게 나눠서 시간을 활용하다가 차차 세분화된 계획을 세워나갈 수 있다.

❹ 우선순위를 정하라

분주하게 살다보면 급한 일부터 처리하게 되고 정작 중요한 일은 뒤로 밀려 낭패를 겪는다. 나에게 어떤 활동이 중요한지 적절한 우선순위를 부여하라. 중요한 것이 무엇인지 정하고 활동한다면 목표 달성에 보다 빨리 다가설 수 있다.

⑤ 시간의 인풋과 아웃풋을 세워라

장기 계획이 아닌 지금 당장 실천할 수 있는 것부터 계획해나간다. 일일계획을 기록할 수 있는 다이어리를 구입해 계획이 실행됐을 때마다 밑줄을 긋거나 체크 표시를 해나간다. 계획한 일이 중요한데도 불구하고 실행하지 못했다면 이를 실행하기 위해 다른 어떤 활동을 줄여야 하는지 고민해야 한다.

⑥ 자투리 시간을 활용하라

자투리 시간은 큰 부담 없이 활용할 수 있다. 따로 시간을 내기보다 지하철 오가는 시간, 점심시간, 잠들기 직전 등의 시간을 활용해 취미생활, 공부, 자기계발 등을 해나가는 것이다. 하루 10분 씩 꾸준히 하는 공부, 명상, 운동 등이 몇 년 뒤 큰 변화를 가져올 수 있다.

⑦ 행동하고 평가하라

작심삼일이라는 말이 있다. 좋은 계획을 세웠어도 실천하지 않으면 의미가 없다. 하루를 시작할 때 계획한 스케줄을 실천하도록 마음을 다진다. 결국 시간 활용의 성패는 자신에게 달려 있다. 오늘 발바닥에 땀은 찼고 마음도 지쳐 있는데 결과가 미흡했다면 계획을 제대로 실천했는지 살펴봐야 한다.

※찰스 험멜의 『늘 급한 일로 쫓기는 삶』(IVP) 참조

CHAPTER 5

백년을 살았어도 아이처럼

내가 쌓아온 경험과 생각이 약이 될 때도 있지만 때론 이를 버리고
새롭게 세상을 바라봐야 할 때도 있다.
그래야 세상이 품고 있는 숨은 이야기에 귀 기울이게 된다

날마다 새롭게 보라

십년 전 미술치료가 한창 인기를 끌었을 때 학생으로 수업에 참여한 적이 있다. 그림을 잘 그리지 못하는 내게 수업은 큰 스트레스였다. 도화지에 삐뚤빼뚤 그린 선과 거친 색감을 누군가에게 보여주기가 부끄러웠다. 함께 수업을 듣던 지인에게 "그림을 못 그려서 그런가? 힘드네"라고 말하자 지인이 웃으며 피카소 이야기를 꺼냈다.

"피카소 그림은 평범한 사람이 봤을 때 이해하기 어려워요. 그런데도 명작으로 인정받는 건 그림 속에 상징과 은유, 스토리가 있기 때문이죠. 우리가 그리는 그림도 기술적 능력보다 그림에 들어있는 내면의 이야기를 보는 게 더 중요하지 않을까요?"

지인의 위로가 가슴을 울리며 그동안 나를 압박하던 스트레스를 많은 부분 풀어주었다. 기술이 아닌 스토리에 집중하라는 말, 나의 정신세계를 자신 있게 표현하라는 뜻이었다. 그러고 보니 미숙한 솜씨로 그린 나의 그림에 다양한 이야기가 숨어있었다. 그림 속 사물의 종류와 크기, 사용한 색상 등에 따라 해석은 달라졌다.

미술치료는 그림에 대한 상담사의 해석 못지않게 내담자의 이야기도 중요했다. 무엇을 표현하고 싶었는지, 왜 그런 색을 택했는지, 상담사가 묻고 내담자가 답하며 나조차 알지 못했던 심리상태를 스스로 찾아가기 때문이다. 하나의 그림을 두고 다양한 해석이 가능하다는 점에서 미술치료는 매력이 있다. 게다가 내담자는 그림을 그리고 설명하고 작은 부분까지 탐색하는 과정에서 자신의 내면을 새롭게 들여다보게 된다.

짚어보면 짚어볼수록 미술치료와 피카소의 그림은 닮아있었다. 그의 그림은 보는 이에 따라 다르게 해석된다. 1881년 스페인 말라가에서 출생해 프랑스에서 활동한 피카소는 20세기 대표적인 큐비즘 작가이다. 대표작으로 「아비뇽의 처녀들」, 「게르니카」가 있으며 두 작품 모두 직관적으로 이해하기 어렵다. 그림 속 사람들은 하나의 몸에 두 개의 얼굴이 있기도 하고 서로 다른 위치에 눈이 있으며 몸은 기하학적으로 표현됐다. 그래서 피카소의 그림은 보는 이에 따라 해석이 달라진다.

피카소는 다수의 작품을 통해 큐비즘을 구현했다. 큐비즘은 르

네상스 이후 서양 회화의 절대적인 전통이 된 원근법과 명암법을 거부한 미술 혁신 운동이다. 대신 화가가 다양한 각도에서 대상을 보고 이를 기하학적으로 재구성한다.

우리도 나이 들어가면서 피카소처럼 세상을 향한 새로운 시각으로 인생의 명작을 탄생시켜보는 건 어떨까. 그가 큐비즘을 추구했던 것처럼 다양성과 창의성을 바탕으로 사유의 폭을 넓혀나가는 것이다. 한 가지의 사실을 여러 측면에서 바라보며 관점을 달리해보자. 삶은 풍요로워지고 인간관계는 깊어진다.

나이 들다 보면 어떤 사물이나 사건을 볼 때 고정된 시각과 사고에 갇힐 때가 많다. 그동안의 경험이 나를 옭아매는 것이다. 내가 쌓아온 경험과 생각이 약이 될 때도 있지만 때론 이를 버리고 새롭게 세상을 봐야 할 때도 있다. 그런 마음이 있어야 미술치료를 할 때 나의 기술이 아닌 내면을 들여다 볼 수 있고, 세상이 품고 있는 숨은 의미와 다양한 이야기를 발견할 수 있다.

자세히 봐야 깨닫는다

오랜만에 봄을 재촉하는 단비가 내리고 있다. 메마른 세상이 흠뻑 젖으며 금방이라도 나무에 맺힌 꽃망울이 톡 하고 터져 나올 것 같다. 비오는 날 나는 따뜻한 차 한 잔 마시며 창밖 풍경을 감상하곤 한다. 빗소리에 젖어 있으니 얼마 전 세상을 떠난 이어령 박사가 했던 말이 떠오른다.

이어령 박사는 '좋아하는 것과 사랑하는 것은 다르다'고 했다. 좋아하는 것은 이해타산의 개념이 포함된다. 자기에게 유익하고 필요한 것을 바라는 마음이 있을 수 있지만 사랑한다는 것은 다르다. 여기에는 상대를 향한 희생과 아끼는 마음이 들어있다. 그러므로 그는 인생을 사랑해야 한다고 말한다. 누군가 '인생을 무엇으로 살아가느냐'고 묻는다면 그는 '사랑으로 살아간다'고 답하겠다고 했다. 그것이 인생의 노장, 한 시대의 어른이 남기고 간 삶의 깨달음이다.

이어령 박사의 말을 통해 나는 우리 삶이 타성에 쉽게 젖을 수 있음을 깨닫는다. 그동안 좋아하는 것과 사랑하는 것이 다른 개념을 품고 있음을 생각하지 못했다. 그저 비슷한 의미의 단어로만 여겼을 뿐이다. 우리는 익숙한 것을 낯설게 보는 과정을 통해 새로운 깨달음을 얻는다.

비가 그치고 산책을 나간다. 새 생명이 피어났을 거란 기대로 아파트 단지 내 작은 화단을 자세히 들여다본다. 겨우내 떨어진 낙엽들 사이로 파릇파릇한 새싹이 얼굴을 내밀고 있다. 새싹은 나날이 자라 꽃을 피우고 열매를 맺을 것이다. 우리 인생 역시 같다. 한 세대가 가면, 또 다른 세대가 온다. 삶에 고난이 머물 때도, 행복이 자리할 때도 있다. 그렇기에 우리 삶이 다양한 이야깃거리로 가득한 것이다.

『빅터 프랭클의 죽음의 수용소에서』라는 책이 있다. 이 책은 나치 강제수용소에서 일어난 악명 높은 사건에 대해 다룬다. 히틀러는 나치 체제를 반대했던 양심수들을 강제 수용했고 전쟁 이후 살아남은 저자 빅터 프랭클은 그때의 아픔을 떠올리며 책을 썼다. 또한, 처참했던 경험을 바탕으로 '로고테라피'라는 정신 치료 기법을 정립했다. 이 책에서 그는 '실존적 좌절'에 대해 이야기한다. 고난이 있을 때 존재의 의미를 찾아야 한다고 주장하는 것이다. 꿈을 이루겠다는 다짐은 때론 사람을 살리기도 하는 법, 그는 말한다.

"왜why 살아야 하는지 아는 사람은 그 어떤how 상황도 견딜 수 있다."

고난을 쉽게 이기는 사람은 없다. 정신과 의사 빅터 프랭클도 자신에게 다가온 시련을 이기기까지 많은 어려움을 겪었다. 그러나 지나고 나니 오히려 그 처참했던 사건이 삶의 자극이 되었다고 고백한다. 고난은 그를 두렵게 했지만 삶의 목적이 있었기에 이길 수 있었다. 그렇기 때문에 일상의 작은 고난으로 지금 당장 힘들지라도 이는 결국 행복을 만드는 자양분이 된다는 사실을 명심해야 한다. 고난에 삶의 의미를 부여한다면 극복의 결과는 좋을 것이다.

나 역시 상담학 박사 학위 논문을 쓰며 힘들었다. '공부하지 않고 편하게 살면 어떨까?' 스스로에게 질문하기도 했다. 늦은 나이에 박사 과정을 마치기 위해 괜히 힘쓰는 것은 아닌지 후회도 했다. 그러나 지나고 나니 힘들었던 그 시간이 사실 축복이었다. 내 안에 많은 것을 채우고 능력을 시험해볼 수 있었던 소중한 기회였다.

굴곡 없이 그저 평온하기만 한 삶에서 성장과 발전은 기대하기 어렵다. 이는 예술가가 명작을 탄생시키기 위해 힘들어도 다양한 경험을 하는 것과 비슷한 이치다. 그러니 인생에서 경험하는 다양한 사건을 '좋다, 나쁘다'로 단순하게 나누지 말자. 어떤 사건이든 깊이 들여다보면서 그 이면에 있는 의미와 가치에 대해 생각해보아야 한다. 그 순간 무미건조했던 삶이, 힘들기만 했던 인생이 새롭게 다가올 수 있다.

화단에서 벗어나 다른 길로 들어서자 높게 솟은 건물들이 봄이 기운을 흐릿하게 만들고 있다. 자연이 선사하는 상쾌함은 사라지고 나는 어느새 도심 속을 걷는다. 세련되고 진보적인 건물들 사이에서 자연이 주는 것과 다른, 현대적인 즐거움을 얻는다. 그렇게 자연과 도시를 넘나들며 삶의 다양성을 떠올려본다.

변화를 원한다면 환경을 바꿔라

익숙한 것들과 결별하기는 쉽지 않다. 더욱이 나이가 들수록 변화의 속도가 느리기 때문에 습관을 바꾸기 어렵다. 변화에 관한 다양한 연구 중 나사NASA의 '인간의 공간 및 방향 감각에 관한 실험'이 유명하다. 실험 참가자들은 사물이 180도 뒤집어 보이는 특수 안경을 착용하고 생활한다. 그리고 27일째 되던 날 참가자 중 한 사람이 뒤집어 보이던 사물을 바로 보기 시작했다. 30일이 지나자 뇌가 신경회로시냅스의 배선을 새롭게 조정하며 실험 참가자 모두가 사물을 똑바로 보았다.

런던대학의 제인 랠리 교수는 여러 실험을 거친 결과 습관을 완전히 바꾸는 데 66일이 걸린다고 했다. 사람마다 변화의 속도에 차이는 있겠지만 익숙한 나로부터 탈출하려면 사고의 전환과 그에 따른 실천이 반드시 필요하다.

작가 벤저민 하디는 『최고의 변화는 어디서 시작되는가?』라는 자신의 저서에서 환경의 중요성에 대해 말한다. 그는 이혼한 가정에서 자랐으며 우울증과 약물에 빠진 아버지, 마약 중독자 동생, 자폐증을 앓는 동생으로 인해 힘겨운 삶을 살았다. 벤저민 하디도 청년 시절 마약에 찌들어 살았다. 그러던 어느 날 그는 자신의 삶이 잘못되었다는 것은 깨닫고, 환경을 바꾸기로 결심한다. 가족을 떠나 집에서 멀리 떨어진 교회에서 2년 정도 지낸다. 2년 뒤 집으로 돌아왔을 때 가족은 여전히 약물 중독과 우울증, 마약 중독에 빠져 비참한 생활을 하고 있었다. 벤저민 하디만이 올바른 삶을 사는 사람들과 함께하며 변화한 것이다.

이 이야기에서 우리는 환경의 중요성을 깨닫는다. 어린 시절 불우한 환경에서 자라도 환경에 변화를 준다면 달라질 수 있다. 인간은 사회적 존재이며, 환경의 지배를 받기 마련이다. 그렇기 때문에 어린 시절 사랑받지 못했어도 좋은 사람들과 살아간다면, 정서적 안정을 찾을 수 있다. 금연하길 원한다면 흡연하는 사람들을 멀리해야 한다. 술에 빠져 있다면 술에 중독된 사람들과 어울리지 말아야 한다. 한 번에 환경을 바꾸기 어렵겠지만 의지를 갖는다면, 언젠가 변화를 만들어낼 수 있다.

나쁜 습관, 틀에 갇힌 생각에서 벗어나려면 편안하고 좋은 것들과 결별하려는 단호함이 있어야 한다. 주먹을 쥔 상태에서는 더러운 휴지를 버릴 수 없다. 주먹을 펼 때 원치 않는 것들을 버릴 수 있다. 편하고 익숙한 것만 끌어안고 산다면, 내 손에 새로운 것을 담을 수 없다.

변화의 첫 걸음은 공표에서 시작된다. 가족과 자주 만나는 사람들에게 자신이 추구하는 변화에 대해 말하고 도움을 청하라. 그렇게 하면 결심한 일이 흔들릴 때마다 그들이 도와줄 수 있다. 변화를 위한 실천 방안을 어길 때마다 나에게 벌칙을 주는 것도 좋다. 이때 부담 되는 벌칙을 정한다면 습관을 고치는 데 도움이 된다. 정확한 목표 설정도 중요하다. 목표가 없으면 중간에 포기하기 때문이다. 지금의 변화가 자신과 타인에게 긍정적인 영향을 줄 수 있다는 그림을 그리는 것이다.

세상에 완벽한 사람은 없다. 불편한 성품, 부정적인 생활 습관, 무언가에 중독된 모습 등은 누구나 가지고 있다. 중요한 것은 나의 잘못된 부분을 인정하고 고치려는 의지다. 그리고 세상을 보는 눈이 건강해야 한다. 서로 생각은 다를 수 있지만 상식은 갖추면서 다름을 추구해야 한다. 잘못된 생각과 삶에 매몰되지 않도록 자신을 관리해야 한다.

나이 들어가면서 끊임없이 나 자신을 돌아봐야 한다. 남들이 나의 행동을 불편해하지 않는가? 편협한 시각에 갇혀있지 않나? 변화가 필요하다면 환경을 바꾸고 변화에 필요한 습관을 꾸준히 만들어보자. 많은 시간이 필요하겠지만 도전한다면 이미 절반의 성공은 거둔 셈이다.

고흐의 영감을 따라서

평소 전시회를 찾아가 미술작품을 감상하는 것을 즐긴다. 작품에 녹아든 예술가의 혼과 변화를 향한 의지를 보고 있으면 느끼는 바가 크다. 예술은 직관만으로 구현할 수 없기에 하나의 예술품을 완성하기까지 예술가들은 지우고 그리기를 반복한다. 그렇게 끊임없는 훈련과 노력 속에서 상식을 뛰어넘는 비범한 작품이 탄생한다. 명작이라고 해도 어떤 작품은 당대에 빛을 보지만 어떤 작품은 많은 시간이 지나서야 그 가치를 인정받는다.

강렬한 색채와 격정적인 필치의 인상파 화가 빈센트 반 고흐Vincent van Gogh는 후대 화가들에게 큰 영향을 주었다. 그러나 수많은 걸작을 탄생시킨 그는 살아있을 때 불행했다. 가족과의 갈등, 가난한 생활로 정신병을 앓았고 자신의 귀를 자르는 등 이해할 수 없는 행동을 했다. 그는 평생 방황을 거듭하다 권총으로 자살했다. 그러나 생

전에 빛을 보지 못했던 그의 작품은 지금 전 세계 사람들에게 인정받고 있다.

고흐의 대표작 '별이 빛나는 밤'의 회오리치는 선과 강렬한 색감을 보고 있으면 블랙홀에 빠져드는 듯한 착각이 든다. 이 작품은 고흐의 무의식과 정신세계를 담고 있다. 어둔 밤하늘을 가득 채운 무질서한 빛의 향연이 사회에 적응하지 못하고 외로운 삶을 살았던 그의 모습을 반영하는 듯하다.

우리 사회는 성실하고 착하며, 사회성 좋은 사람을 원한다. 그래서 대부분 자신의 참된 모습은 가둬놓고, 이러한 사회적 요구에 맞춰 살아가려고 한다. 고흐 역시 자신의 참된 모습을 가둔 채 살아가려고 했다. 하지만 도전하는 일마다 실패했고 화가로서도 인정받지 못하자 점점 미쳐갔을 것이다. 오랫동안 계속됐던 고통 속에서도 고흐가 자신만의 세계를 화폭에 담을 수 있었던 것은 그가 가진 직관과 영감, 그림을 향한 열정 덕이었다. 그리고 세계를 바라보는 그의 남다른 시선이 고통 속에서 명작을 탄생시켰다.

그림 뿐 아니라 글을 쓰는데도 남다른 관찰은 필요하다. 자신을 둘러싼 사물과 공간, 환경을 예민하게 받아들이고 새로운 시각으로 바라볼 때 의미 있는 한 단어, 한 문장이 나온다. 글쓰기도 전인격적인 운동이라 몸과 마음, 영감이라는 세 박자가 한데 어우러져야 좋은 글을 쓸 수 있다.

김경집이 쓴 『6I 사고 혁명』에 영감과 관련된 레오나르도 다빈치의 일화가 등장한다. 다빈치가 꾸물대며 그림을 그리자 수도원장이 "붓을 내려놓지 말고 계속 일하게"라고 당부했다. 그러나 다빈치는 "천재성을 가진 사람은 때로는 가장 적게 일할 때 가장 많은 것을 성취합니다. 아이디어와 구상을 완벽하게 실행할 방식에 관해 골똘히 고민한 다음에야 거기에 형태를 부여할 수 있기 때문입니다"라고 답했다.

완벽한 작품을 만들기 위해 미리 그림을 머릿속에서 구상해놓아야 한다는 말, 예술은 직관과 영감을 행동으로 옮길 때 좋은 작품이 나온다는 뜻이다. 삶의 고통 속에서도 자신의 영감을 그림으로 탄생시킨 고흐, 변화와 혁신, 그림을 향한 열망이 그의 작품을 불멸의 명작으로 만들었다.

나이 들수록 타성에 젖어 세상을 보기 쉽다. 그러나 타성에 젖으면 인생의 다양한 부분을 온전히 이해할 수 없다. 노란 민들레를 보며 아름답다고 말할 뿐 민들레 뿌리에 스민 강아지똥의 아름다움은 깨닫지 못하게 된다. 물론 타성에서 벗어나 다른 시각으로 세상을 바라보는 일은 고통스럽다. 남들이 모두 더럽다고 하는 강아지똥의 가치를 이해해야 하고 그만큼 다른 생각을 하려면 많은 에너지를 쏟아야 하기 때문이다. 그렇다면 생각을 달리해 그 과정을 즐거움이라고 여기는 것은 어떨까. 하루 십 분 생각을 끼적이고 나만의 그림을 그리며 고흐, 다빈치, 톨스토이가 되어보자. 어느 순간 조금씩 새로운 세계가 열리고 내 삶이 변화하기 시작할 것이다.

호기심은 삶의 원동력

그리스의 과학자 탈레스는 기원전 600년 경 우연한 기회에 전기현상을 발견했다. '전기electricity'는 그리스어 'electron'에서 유래했고 보석 호박Amber에 그 어원을 두고 있다. 머리카락이나 먼지와 같은 가벼운 물체가 호박에 붙는 것을 보고 최초로 전기현상을 발견했기 때문이다. 당시에는 그냥 흥밋거리에 불과했지만 전기에 대한 연구는 먼 훗날 영국에서 본격적으로 시작된다. 정전기를 발견한 사람은 탈레스였다. 그러나 이를 상품화 해 가치 창출을 하고 우리 생활 속에서 상용화시킨 곳은 영국이었다.

소설 『갈매기의 꿈』에는 '가장 높이 나는 갈매기가 가장 멀리 본다'라는 구절이 나온다. 높이 날면 날수록 많은 것을 보고 멀리 볼 수 있다는 의미이다. '높이', '멀리'란 말에는 남들과 다르다는 뜻이 숨어있다. 소설에 등장하는 갈매기 조나단 리빙스턴은 높이 날기를 꿈꾸며 열심히 연습했고 그 순간 평범함에서 벗어났다. 높이 나는 법을 터득했지만 평범함에서 벗어난 그는 다른 갈매기들에게 미움받고 따돌림을 당해야 했다.

남들과 다른 생각을 한다는 것은 외로움을 동반한 행위다. 그래서 비범함을 꿈꾸며 더 나은 삶을 살려고 노력했던 조나단 리빙스턴은 외로웠다. 외로움이라는 인고의 과정을 거치며 그는 하나의 큰 결실을 맺는다. '높이 날아보니, 멀리 볼 수 있다'는 사실을 몸으로 직접 체험한 것이다. 더 넓은 세상을 보았고 느꼈고 깨달을 수 있었다. 조나단 리빙스턴의 호기심이 그의 삶을, 세상을 보는 눈을 완전히 바꿔놓았다.

우리는 성장하면서 어린 시절 자연스럽게 가졌던 호기심을 억누르기 시작한다. '괜한 일에 관심 가졌다가 일상이 흔들릴 수 있어, 사는 게 더 힘들어질지 몰라'하며 자신을 달래고 변화와 도전이 필요한 일로부터 고개를 돌린다. 어느 순간 호기심이 가져올 어려움과 고난만을 떠올린다.

그러나 내 경험에 의하면 호기심은 고난의 시작이 아닌 삶의 원동력이었다. 만약 교통사고의 위험을 떠올리며 운전을 배우지 않았다면, 워킹맘의 고단함을 생각하며 상담학 공부를 계속 해나가지 않았다면, 그림솜씨가 없어서 미술치료를 배우지 않았다면 현재의 나는 없었을 것이다. 지금보다 좁은 세상에서 무미건조하게 살았을지도 모른다.

새로운 변화를 원한다면, 노년이 되어서도 어린아이의 호기심 어린 눈빛을 간직해야 한다. 그리고 때론 호기심을 행동으로 옮기는 용기도 필요하다. 탈레스가 전기를 발견하고도 이를 발전시키지 못했던 것처럼 되어서는 안 된다. 호기심을 가지고 일상적인 사건도 거꾸로 보고, 삐딱하게도 생각해본다면, 더 나은 결과를 얻을 수 있다. 그러니 잠시 걱정은 접어두고 세상을 바라보는 눈빛을 달리해보자. 백 살이 되어서도 초롱초롱한 눈빛으로 세상을 달리 보려고 하는 할머니, 상상만으로도 멋지지 않은가.

비움의 선물,
자유

자녀들이 성장할 때 다양한 경험을 하려고 동물원을 찾는다. 동물원에는 육식동물, 초식동물, 조류, 파충류 할 것 없이 각양각색 동물이 살고 있으며 계절 따라 자연의 풍광도 달라져 아이들과 살아있는 체험을 할 수 있다. 나는 젊은 시절 두 딸과, 지금은 지인들과 함께 동물원을 찾곤 한다. 동물원에서 지인들은 물론 나도 즐거운 시간을 보낸다. 원숭이는 인간과 얼굴이 흡사해 그들이 짓는 익살스런 표정을 구경하는 재미가 있다. 공작새는 아름답다. 깃털을 세우고 멋진 자태를 뽐낼 때 감탄한다. 밀림의 왕 사자는 울음소리가 우렁차고 걸음걸이가 힘 있다. 그런데 동물들을 구경하다가 점점 마음 한편이 씁쓸해진다.

광활한 대지를 마음껏 뛰어다녀야 하는 사자와 호랑이가 순한 모습으로 우리 안을 어슬렁거린다. 목이 길어서 슬픈 기린도 우아한 자태로 우리 안에 갇혀 있다. 어느 순간 흥밋거리로 보던 동물들을 통해 자유의 의미를 생각해본다. 자유를 잃은 그들은 우리 안 생활에 길들어져 있다. 정글의 치열한 생존경쟁에서 벗어나 편안하게 지내는 동물들은 지금의 환경에 만족할까?

흔히 편안함과 만족감을 같은 의미라고 생각한다. 그러나 생각을 달리하면 편안함이 곧 만족감이 될 수는 없다. 오지를 탐험하며 만족감을 얻는 이도 있고 가난한 이웃을 돌보며 삶의 보람을 찾는 사람도 있다. 우리는 만족감으로 위장한 편안함을 얻기 위해 자유를 져버리기도 한다. 미국의 정치가이자 독립운동가인 패트릭 헨리는 "자유가 아니면 죽음을 달라"고 연설했다.

자유를 박탈당한 사람은 인간으로서의 행복권을 잃는다. 역사는 자유를 찾아 피 흘리는 투쟁의 연속이었다. 국가 간 전쟁도 자유를 지키기 위해 벌어졌다. 그렇다면 우리는 어떻게 자유를 누려야 하는가? 자유는 내면을 다스리는 것에서부터 시작된다.

우선 죄책감에서 벗어나야 한다. 살면서 이웃의 물건을 훔칠 수도 있고 누군가에게 상처를 줄 수도 있다. 무언가의 생명을 빼앗을 수도 있으며 간음을 저지를 수도 있다. 죄를 짓는 순간 우리는 편하게 살아갈 수 없다. 죄는 타인에게 피해를 주는 동시에 양심의 가책을 안겨주기 때문이다. 그래서 죗값을 받아야 한다면 기꺼이 받고 해결할 여지가 있는 사안이라면 해결하기 위해 노력해야 한다. 그렇게 해야 어두운 과거에서 벗어나 앞으로 나아갈 수 있다.

물질에서 자유로워야 한다. 진정한 자유는 가난한 이웃을 도울 수 있을 정도, 즉 남에게 손 벌리지 않을 정도의 경제적 능력을 가지고 있어야 누릴 수 있다. 우리는 너무 가난해 부끄러울까봐, 풍요로움 속에서 교만해질까봐 걱정한다. 그러므로 물질로 인해 죄짓지 않도록 꾸준히 관리해야 한다. 많이 가졌다면 나누려 하고 가난하다면 이웃이 도와줄 때 감사히 받기도 해야 한다.

비교하는 마음에서 자유로워야 한다. 내가 가지지 않은 것에 대한 동경과 부러움은 갈등의 요인이 된다. 남이 무엇을 가지고 있는지 집중하기보다 내가 지금 가진 강점에 집중해야 한다. 강점을 발전시켜 성장, 발전해나가야 한다.

타인으로부터 자유로워야 한다. 적당한 관심은 관계의 윤활유가 되지만 지나친 관심은 관계를 해친다. 특히 타자에게 자신의 힘을 내세우며 불합리한 영향력을 행사하기 위한 관심은 금물이다. 상대에 대한 정보를 얻어 비방하려는 마음이 있다면 그 비방은 언젠가 스스로에게 돌아올 수 있다. 대접 받고자 하면 타자를 먼저 대접해야 한다.

자기 확신에서 자유로워야 한다. 지나친 자기 확신으로 나의 주장을 남에게 강요할 수 있다. 그러나 세상의 모든 이론과 지식은 시시때때로 바뀌고 달라진다. 그러기에 절대적인 자기 확신보다 상황을 둘러보며 더 올바른 방향으로 생각을 수정해나가야 한다. 자기 확신만 강조한다면, 좋은 친구는 떠나고 고집불통으로 낙인찍힌다.

권력에서 자유로워야 정의를 세울 수 있다. 권력과 출세에 집착한다면 타인의 눈치를 지나치게 보게 된다. 옳고 그름을 가리지 못하며 비굴하게 살아가게 된다. 또한, 칭찬에서 자유로워야 한다. 모든 사람은 착하다는 평판을 듣고 싶어 한다. 그러나 베풀되 칭찬받기를 기대해서는 안 된다. 칭찬을 바라며 베푼 일은 당신 스스로를 옭아맬 뿐이다.

우리는 자유를 갈망하지만, 자유를 실천하기는 쉽지 않다. 지난 세월 살아왔던 대로 사는 것이 편하기 때문에 자유를 버리고 일상의 편안함을 선택하곤 한다. 그래서 진정한 자유를 찾으려면 틈틈이 묵상하면서 자신을 돌아보고 불필요한 습관은 버리는 훈련을 해야 한다.

지금은 감정을 가꿔야 할 시간

'할머니 저 또 열나요.'

손자에게서 문자가 왔다. 갑자기 가슴 깊은 곳에서 뜨거운 것이 올라오며 눈물이 핑 돌았다. '아직 어린데 한 번씩 열이 나니 얼마나 두려울까'하는 생각이 들었다. 손자는 주기적으로 열이 나는 '파파증후군'을 앓고 있다. 파파증후군은 발열이 나면서 아프타구내염입술 안쪽 점막이나 혀, 또는 혀 아래, 입안의 점막에 생기는 궤양, 인두염, 경부 림프절염이 동반되는 임상증후군이다. 성장하면서 없어진다고 하나 가벼이 여길 질환은 아니다. 건강에 이상이 있다는 것은 어린 아이에게 큰 스트레스니 불안한 마음에 할머니에게 SOS를 보냈을 것이다. 나는 손자에게 긍정의 메시지를 보내며 격려했다.

'성장하면서 질환이 사라진다고 하니, 걱정하지 않아도 된단다. 충분히 이겨낼 수 있어.'

손자의 마음이 한결 가벼워졌는지 밝은 분위기의 답신을 보내왔다. 감정은 전이가 빠르다. 잔잔한 호수에 돌을 던졌을 때 파장이 일어나는 것처럼 감정도 퍼져나간다. 손자와 내가 감정을 주고받았던 것처럼 내가 했던 말 한 마디로 주변 분위기가 밝아질 수도, 어두워질 수도 있다. 그렇기 때문에 감정을 어떻게 사용하느냐에 따라 인생이 달라진다. 영화 「인사이드 아웃inside out」에서는 감정을 기쁨Joy, 슬픔Sadness, 혐오Disgust, 분노Anger, 두려움fear 다섯 가지로 분류했다. 영화에 나오는 다섯 가지 감정을 살펴보자.

슬픔이 계속되면 우울증이 된다. 슬픔에 갇혀 있다면 우리는 결코 행복한 삶을 살 수 없다. 비오는 날이 잦으면 강물이 범람하는 것처럼 우울이 우리 삶을 덮친다. 삶의 어두움이 짙어지는 것이다. 두려움에 갇히면 어디를 가든, 무슨 일을 하든 걱정에 시달린다. 질병, 사고, 죽음 등을 떠올리며 건강한 일상생활을 해나가기 어렵다. 일례로 지인의 가족은 바이러스로 인해 가족 모두가 한 차례 심하게 앓은 뒤 우울증에 빠졌다. 외출도 하지 않고 집에만 머물면서 표정이 몰라보게 어두워졌다. 두려움에서 벗어나야 우울증도 치료된다.

일상에 혐오가 가득하다면 타인을 사랑하지 못하고 미워하며, 분노로 가득한 삶을 살게 된다. 혐오는 결국 자신과 타인을 불행하게 만든다. 분노는 건강을 해친다. 폭발하듯 화내고 나면 내 안의 응어리가 풀릴 것 같지만 그렇지 않다. 분노는 내면의 에너지를 빠르게 소진시키며 사람들을 불쾌하게 만든다. 기쁨은 긍정의 에너지로 많은 사람이 즐거움 속에서 하나 되고 미래를 향해 나아가게 해주는 원동력이 된다.

세상 모든 사람이 이 다섯 가지의 감정을 가지고 살아간다. 살면서 어떤 감정이 언제 생길지 모르지만 한 가지 분명한 점은 건강한 인생을 살려면 감정을 조절하는 능력을 길러야 한다는 것이다. 부정적인 감정을 정화해가며 좋은 인격을 만들어야 한다.

성숙한 사람은 내면에 부정적인 감정보다 긍정적인 감정이 더 많다. 그는 감정이 뒤엉킬 때마다 마음 속 의자에 앉아 기쁨의 분위기를 만들어간다. 때로는 슬픔이, 때로는 분노가, 때로는 좌절이 그를 부르겠지만 기꺼이 받아들이고 이를 좋은 방향으로 해결해가려고 노력한다. 우리 안의 다양한 감정을 타이르고 달래 멋지게 가공한다면, 좋은 선물이 된다.

얼마 후 손자에게서 기쁜 소식이 왔다. '축하해주세요. 열이 정상으로 돌아왔어요.' 손자의 기쁨에 가족은 함께 박수쳐 주었다. 함께하자 기쁨 지수가 분수처럼 솟아올랐다.

살아가면서 기쁨이라는 감정을 더 많이 공유하면 좋겠다. 그리고 분노, 혐오, 두려움에 괴로워하는 젊은 친구들을 위로하고 그들이 부정적인 감정을 긍정적인 감정으로 전환할 수 있게 도우면 좋겠다.

삶에서 경험하는 기쁨을 젊은 친구들에게 전하고 알린다면 세상은 지금보다 따뜻해지지 않을까. 어린아이와 같은 마음으로 기쁨 가득한 세상을 꿈꿔본다.

여백의 아름다움을 깨닫다

봄, 가을 계절의 교차로에서 자연은 색을 바꾼다. 자연은 묵묵히 변화를 받아들이지만 사람은 저마다 변화를 겪는 마음이 다르다. 어떤 이는 변화를 고통스러워하고 어떤 이는 이를 반긴다. 그래서 나이의 옷을 갈아입을 때 우리가 짓는 표정도 제각각이다. 사춘기, 갱년기를 지날 때 정신적·육체적으로 달라지는 것은 물론 사회적 포지션도 달라진다. 그렇기 때문에 변화에 민감하다면 달라진 환경을 받아들이고 이해할 수 있도록 미리 준비하고 계획을 세워야 한다.

여름 늦장마가 지난 뒤 가을을 재촉하는 시기를 떠올려보자. 하늘은 높고 푸르게 변하고 들녘의 오곡양식은 알알이 맺혀가기 시작한다. 나무에 열린 과일과 열매도 이글거리는 태양을 닮아 점차 붉게 익어간다. 비록 꽃은 지고 낙엽은 떨어졌지만 사람들은 한 해의 수확을 바라보며 뿌듯해한다.

나이 듦도 마찬가지다. 얼굴에 주름은 많아지고 사회적 활동량도 줄어들지만 수확해야 할 인생의 결실은 많아진다. 그동안 해오던 일에 노하우가 생기고 인생의 지혜가 쌓이면서 내 삶에 무엇을 버리고 무엇을 남겨야 할지 알 수 있다. 그러고 보면 감사하지 않은가? 노년에 얻을 수 있는 달콤함과 새콤함이 있다는 것은. 젊은 시절 곡식을 일구고 산으로 들로 뛰어나가 노느라 바빴다면 이제 일상의 속도를 늦추고 천천히 세상을 음미해야 한다. 자연 속에서 알알이 맺힌 결실을 맛보며 삶의 의미를 떠올리는 것이다.

노년의 변화는 우리에게 철학적 질문을 건넨다. 나는 누구인가? 나는 어디로 가고 왜 죽어야 하는가? 젊은 시절 하지 않았던 질문의 답을 찾아 나선다. 또한, 철학자가 돼 끊임없이 질문하고 탐색하며 신의 실존을 고민한다. 노년에 가까워질수록 우리는 죽음을 가장 두려워하게 된다. 죽음은 아무도 알지 못하는 세계이며 오롯이 혼자서 나아가야 하는 길이기 때문이다.

죽음을 두려워하지 않으려면 여백의 아름다움을 느낄 줄 알아야 한다. 젊을 때보다 여유 있게 시간을 가지고 인간관계를 맺으며 나를 돌아보고 내면을 가다듬어야 한다. 열심히 살되 주위를 둘러볼 수 있게 속도를 늦춰야 한다. 사람과 세상을 이해하는 폭을 넓히려면 신중함은 반드시 필요하다.

또한, 사계절이 지닌 저마다의 개성과 단아함이 있음을 잊지 말아야 한다. '온갖 생명이 피어나는 봄, 활기로 가득한 여름은 좋고 낙엽 지는 가을과 추운 겨울은 싫다'라는 식으로 세상을 판단해서는 안 된다. 한겨울 추위 속에서도 난로 앞에 온 가족이 모여앉아 감자, 고구마를 구워먹는 낭만이 있음을, 눈 내리는 설경을 감상하는 즐거움이 있음을 깨달아야 한다.

그럼에도 불구하고 갱년기에는 많은 사람이 우울해한다. 인생의 우울 지수가 높아지기 전 이를 예방하는 지혜가 필요하다. 그렇다면 구체적인 예방법으로 무엇이 있을까? 우선 인생의 가을을 맞이한 나에게 편지를 쓰자. 일기장, 노트, 편지지 어느 곳이든 좋다. 앞으로 내가 하고 싶은 일, 죽기 전에 이루고 싶은 목표, 사랑하는 이들과 함께 채워나가야 할 부분 등을 하나하나 짚어보자. 이에 대해 가족, 친구와 대화한다면 더 좋다. 진실한 교류의 장이 되고 나의 마음을 알아가는 과정이 된다. 그리고 그 속에서 나 자신을 사랑하게 되는 계기가 마련된다.

스스로에게 감사를 표현하는 것도 중요하다. '인생의 봄과 여름을 지나 가을까지 오느라 고생했어'라고 말하며 '앞으로 남은 삶에서 펼쳐질 축제를 기대하라'고 응원하는 것이다. 나를 가장 많이 아끼고 사랑하는 사람은 결국 나 자신임을 깨달아야 한다.

인생은 여백의 미를 깨닫는 과정이다. 소설가 최인호는 『문장의 무게』에서 말한다.

'문장은 무겁다. 여백이 있기 때문이다. 여백은 문장의 존재 근거다. 그것은 문장을 품은 산이며 바다이자 우주다. 그 속에는 태초의 시간과 공간이 있고, 눈앞의 경험과 감각이 녹아 있으며, 아직 도착하지 않은 별빛들이 숨어 있다. … (중략) … 여백은 만드는 것이 아니다. 저절로 생겨나는 것이다. 추사의 세한도처럼 말이다.'

우리가 살아가는 공간은 여백이다. 우리는 빈손으로 태어나 빈손으로 간다. 그렇게 삶의 여백 속에서 수많은 이야기를 만든다. 우리는 계획한대로 인생을 살지 못한다. 계획이 어긋나고 목표가 어그러지기도 하며 생각지 못했던 상황이 우리 앞에 펼쳐진다. 예상치 못했던 사건과 만나며 삶에 여백은 생겨난다. 그 여백을 바라보며 조금씩 철들어가는 것이다.

몇 년 전 나는 알프스 정상에 올라 가족과 지인에게 엽서를 보냈다. 추위에 덜덜 떨면서도 엽서에 한 줄 한 줄 정성껏 써내려갔다. 우리에게 아름다운 미래가 준비되어 있으니 힘내라고, 그리고 고맙고 사랑한다고. 펄펄 끓는 물을 컵라면에 붓고 호호 불어 먹었던 그날의 즐거움이 아직까지 생생하다. 작은 엽서와 함께 따뜻한 추억을 만들었던 그 시간이 있어 행복했다. 살아가면서 여백의 미를 떠올리며 가족과 이웃에게 감사해야지, 다짐한다. 그리고 내가 가진 것들을 그들과 나누고 싶다.

Q

새롭게 보기로
큰 깨달음을 얻은 적이 있나요?
깨달았던 것들을 적어보세요.

CHAPTER 6

사색이 가져다주는 나이 듦의 신세계

성숙해진다는 것은 천천히 바라보며 사물의 본질을 곱씹는 일이다.
사유하다 보면 진정한 내가 보이고 나아가야 할 방향도 보인다.

사색으로 일과 쉼의 균형 맞추기

그동안 쉼 없이 달려왔다. '여유를 가지며 원하는 일을 하고 싶다'고 습관처럼 말해왔지만 정작 시간이 주어지자 마음이 편치 않았다. 열심히 일했기에 조금 쉬어도 되는데, 경제적 어려움이 생기진 않을까, 사회적으로 뒤처지진 않을까, 걱정이 많아졌다. 은퇴 후 일주일이 지난 뒤 마음은 더욱 조급해졌다. 그러고 보니 일은 나에게 무거운 짐이 아니라 나를 나답게 만드는 중요한 덕목 중 하나였다. 일을 그만두고 나서야 비로소 일의 소중함이 다가왔다.

인간은 노동의 가치를 깨달았을 때 존재감을 느낀다. 일할 수 있다는 것은 사회와 가정에서 필요한 존재로 살아간다는 뜻이다. 그래서 어떤 일을 하는지도 중요하지만 얼마나 가치 있는 일을 하는지 역시 중요하다.

산업혁명 시대에는 노동의 가치를 극대화하기 위해 '노동 신성

설'을 주장했다. 그러나 칼 마르크스의 사위이자 사회 노동가인 폴 라파르그는 자신의 저서 『게으를 수 있는 권리』에서 '노동은 신성하다'라는 자본주의 실천 윤리가 노동력 착취를 위해 미화된 허구라고 분석했다. 인간은 애초부터 노동보다 '게으를 수 있는 권리'곧, 쉴 수 있는 권리를 많이 확보해야 개인의 행복을 담보할 수 있다고 주장했다. 파스칼은 '인간은 던져진 존재'이기에 '탯줄을 끊고 나올 때부터 생존을 위해 본능적으로 어머니의 젖을 힘 있게 흡입하지 않을까?' 질문했다.

사실 현대사회에서 '일을 단순히 노동으로만 정의내릴 수 있는가'도 문제이다. 육체적 노동인지 정신적 노동인지에 따라 일의 본질도 다양하게 해석된다. 분명한 것은 일을 그저 고용주에 의해 착취당하는 구조로 하거나 먹고 살려고 억지로 한다면 일상의 기쁨도 얻을 수 없으며, 결과물도 좋지 않을 거란 점이다. 일을 통해 삶의 가치와 의미를 부여할 수 있을 때 만족스러운 인생을 만들 수 있다.

일한다는 것은 행운이며 축복이지만 우리는 일한 만큼 쉬어야 한다. 일상에서 벗어나 나만의 시간을 가져야 부족했던 에너지를 채우고 생활에 활력이 넘칠 수 있다. 쉼은 거창하지 않다. 멀리 여행을 간다든지, 돈을 들여 그럴듯한 취미생활을 즐길 필요는 없다. 시끄러운 공간에서 북적거리는 사람들을 멍하니 바라보는 것도 쉼이요, 지인들과 격의 없이 대화하는 것도 쉼이다. 일상적인 작업에서 벗어나 짧은 시간이나마 새로운 일을 하는 것도 쉼이다.

이처럼 시간을 지혜롭게 경영해야 우리 삶에 이윤이 남는다. 이윤은 물질적·정신적 가치를 모두 포함한 말로 두 가지 요소를 모두 만족시키려면 시간을 경영하는 능력을 키워야 한다. 내 경우 은퇴가 삶의 전환점이자 마음에 쉼을 선사해주었다. 은퇴하고 일상의 여백이 생긴 덕에 나는 일과 쉼의 가치를 깨달을 수 있었다.

번 아웃Burn out이란 용어를 누구나 한 번쯤 들어봤을 것이다. 자신이 가진 모든 에너지가 고갈되었을 때 우리는 '태웠다, 증발되었다'라고 표현한다. 감당하기 어려운 일을 하거나, 과도한 스트레스를 받을 때 나타나는 현상이다. 다른 쉬운 말로 '하기 싫음'이라고 표현할 수 있겠다. 번 아웃된 몸과 마음으로는 정서적 안정을 기대할 수 없다. 그렇다면 번 아웃에서 벗어나기 위해 어떻게 해야 할까? 과부하 된 근육을 회복시키려면 일정한 패턴의 근육운동을 반복한 뒤 충분히 쉬어야 한다. 마음의 회복도 비슷한 방식을 적용해보자.

우선 충분히 잠을 잔다. 수면은 지친 몸과 마음을 회복시킨다. 화가 나서 분노 조절이 안 된다면 화나게 하는 사람과 환경을 피해 잠시 눈을 붙여보자. 이내 마음의 평정이 찾아올 것이다. 자연을 즐기는 것도 큰 도움이 된다. 산도 좋고 도심 속 공원도 좋다. 자연 속에서 마음의 평안을 구하는 것이다. 또한 무리가 되지 않는 선에서 운동을 한다. 조용히 시간을 보내고 싶다면 혼자 할 수 있는 운동을 선택해 회복의 시간을 만들어 보자.

무엇보다 가장 중요한 것은 마음의 병이 생기지 않도록 스스로를 자주 둘러보고 점검해야 한다. 틈틈이 사색하며 지금 이 순간, 내가 일과 쉼의 균형을 잘 맞추고 있는지, 번 아웃이 오진 않았는지, 수동적으로 일하고 있지는 않은지 살펴야 한다. 피곤함, 지침, 노동착취 등의 기표가 내 삶을 표현하는 언어로 오래 남아있으면 안 된다. 부정적인 언어 기표가 오래 머물면 결국 부정적인 사람이 된다.

사색은 삶의 균형을 위한 중심축이다. 생각하고 살피며 자기만의 스트레스 해소법을 찾아내 나라는 주체가 타자의 노예가 되지 않도록 노력하자. 사색의 결과를 행동으로 실천한다면 마음의 우물에 쓰레기는 쌓이지 않고 맑은 샘물이 솟아날 것이다.

호접란이 알려주는 나이 듦의 미학

지인으로부터 호접란을 선물 받았다. 작은 화분에 핀 붉은 꽃이 하루를 기분 좋게 시작하게 만든다. 앞으로 힘있게 뻗은 줄기, 고풍스러운 자태에서 기백이 느껴진다. 붉은색 꽃잎을 보고 있으니 아름답다는 감탄사가 절로 나온다. 화려한 문양의 나비 같기도 하고, 귀여운 새 같기도 하다. 꽃잎 중앙에 오뚝 솟은 꽃술은 새의 부리처럼 위풍당당하다. 호접란을 보고 있으니 누군가를 축복하고 싶다. 호접란 꽃말을 알았기 때문이리라. 호접란은 행운과 축복이라는 꽃말을 가지고 있어 개업, 스승의 날, 어버이날 등 특별한 기념일에 선물된다.

한 송이 꽃이 주는 의미를 떠올린다면 풍성한 삶을 살 수 있겠지만 그냥 지나친다면 작은 기쁨은 버리게 된다. 꽃잎을 위에서도, 옆에서도 본다. 하나하나 자세히 들여다보고 나서 호접란을 멀리서 크게 바라보니 생명의 역동성이 느껴진다.

내 삶도 꽃잎과 같은 작은 사건이 모여 하나의 커다란 인생 스토리를 탄생시켰다. 그러고 보면 인생에서 중요하지 않았던 일은 없었다. 학창시절 친구들과 어울려 다니던 일, 젊은 시절 남편을 만나 결혼하고 살림을 꾸려가던 일, 딸을 시집보내고 허전해하던 모습, 많은 이들과 만나고 상담하며 웃고 울었던 일상들, 모두 삶을 풍요롭게 만들어주었다. 그리고 호접란과 마주한 이 시간도 삶의 귀중한 한 부분으로 남을 것이다. 지인의 선물이 큰 깨달음을 가져다주었다.

성숙해진다는 것은 무엇이든 천천히 바라보며 사물의 본질을 곱씹는 일이다. 불과 몇 년 전만 해도 그냥 지나치고 말 것들을 이제는 자세히 보기 시작했다. 오래된 골목길, 산책 나온 강아지, 길가에 버려진 물건들 속에서도 저마다의 사연과 가치가 있음을 느낀다. 나는 그 이야기에 가만 귀를 기울인다.

요즘은 공원 화단이나 정원 한편에 심어놓은 대나무에 걸음이 멈추곤 한다. 도시에서 보기 어려운 식물인데다 쭉 뻗어 오른 자태가 선비 같아서이다. 척박한 환경 속에서도 움츠러들지 않고 꼿꼿이 자란 그 모습이 대견하다. 생을 향한 대나무의 의지를 응원해주고 싶다. 삶으로, 행동으로 누군가를 감동시키고 싶다면 노년에는 대쪽 같은 정직함과 진실함으로 타자에게 다가서야겠다는 철학적 사유도 하게 된다.

화분 가득한 호접란에는 우리 가족의 모습이 들어있다. 붉은 꽃잎을 보며 90세가 된 어머니의 꽃다웠던 청춘과 이제는 세상에 안 계신 아버지의 환히 웃던 모습을 추억한다. 푸른 줄기에서는 어린 동생을 위해 자신을 희생했던, 지금 생각하니 앳되고 앳되었던 언니들의 헌신도 떠오른다. 그들이 있어 내 인생이 아름답게 꽃필 수 있었다. 그러니 작은 것이라고 해서 무심코 지나칠 수 없다. 보잘 것 없는 것이어도 그것에 의미를 부여한다면 삶은 행복하다. 어떤 일에도 겸손해지며, 가난한 마음을 간직할 수 있다. 그렇게 일상을 사유하는 순간 인생의 큰 깨달음을 얻는다. 미처 보지 못했던 사실을 발견하며 노년의 가치를 알게 된다. 세상 모든 것, 모든 일에 가치가 있음을 알고 여유를 부리게 된다.

삶이라는 주제에 의미를 부여하지 않으면, 우리 일상은 그저 스쳐 지나가는 무미건조한 바람에 불과하다. 화분에 담긴 꽃이 주는 의미를 떠올릴 때 우리는 인생의 큰 그림을 볼 수 있다. 한 송이 꽃을 볼 때도 이러한데 인간관계는 어떻겠는가. 싫으면 싫은 대로, 미우면 미운대로, 애틋하면 애틋한 대로 다 의미가 있다. 다양한 관계 속에서 남이 아닌 내가 보이고, 내가 나아가야 할 방향도 보이기 마련이다. 삶의 의미를 관조할 수 있다면 우리 일상의 이야기는 바구니 가득 담고도 넘칠 것이다.

사람은
무엇으로 사는가?

벌써 이십 년 전 일이다. 친한 지인에게 전화가 왔다. 힘든 일이 있는지 목소리가 가라앉아 있었다. 이런저런 이야기 끝에 그녀는 어렵사리 사연을 털어놓으며 흐느꼈다.

"둘째를 임신했는데 검사 결과 염색체에 문제가 있다고 하네요. 다운증후군일지 모른대요."

다운증후군은 21번 염색체가 정상보다 많을 때 발생한다. 선천적으로 장애를 안고 태어나며 살아가며 다양한 장애를 겪는다. 지인의 집에 방문했을 때 그녀는 감정적으로 안정되지 않았고 곁에 있는 가족들도 우울해 보였다. 안타까운 마음에 나는 긍정적인 이야기를 꺼냈다.

"검사 결과와 달리 아이를 건강하게 출생한 사례도 많아요."

내 말에 위로 받았는지 지인과 가족의 낯빛이 안정되기 시작했다. 지인은 염색체 검사 결과를 듣고 하늘이 무너질 것 같은 아픔을 겪었다. 만약 아이가 장애를 가지고 태어난다면 이를 감당할 수 있을지 모르겠다고 했다. 그러나 남편과 오랫동안, 수차례 상의한 끝에 내린 결론은 '그럼에도 불구하고 아이를 낳겠다'였다. 지인 부부에게 온 생명을 확실치 않은 검사 결과 때문에 지울 수 없다고 했다. 게다가 시간이 지날수록 아이가 가족에게 온 특별한 선물이라는 생각이 들었다. 부부는 아이가 건강하지 않더라도, 우리 가정에 온 소중한 선물이니 감사히 낳아 키우겠다고 결심했다.

10개월 뒤 아이는 장애 없이 태어났다. 가까운 가족과 지인이 아이의 탄생을 축하했다. 부부에게 내린 축복이었다. 생명을 소중히 여겼던 부부의 마음과 정성으로 아이는 건강하게 성장해 지금은 건장한 청년이 되었다.

인간답게 살려면 생명을 아끼고 사랑해야 한다. 장애인이든 비장애인이든 생명은 존중받아야 마땅하다. 신은 사람을 다양하게 만들었다. 지나가는 사람들을 보라. 똑같은 모습은 없고 저마다의 개성과 가치를 가지고 살아간다. 모두 사랑 받아야 할 대상이라는 뜻이다. 우리는 부족함이 있어 넉넉함을 안다. 결핍이 있어 감사를 느낀다. 슬픔이 있어 기쁨을 안다. 인생은 상대적이다.

우리의 몸을 생각해 보자. 필요 없는 부분이 없다. 오른손이 왼손에게 '너 쓸모없어!'라고 말할 수 없다. 우리가 크게 신경 쓰지 않는 땀이나 콧물, 눈물 등의 분비물조차 인체의 건강과 활력을 유지하는 데 있어 매우 중요하다. 그러나 우리는 어느 순간 생산성과 경제성에만 초점을 맞춰 대상의 중요도를 나눈다. 생산성이 떨어지며 돈이 되지 않는 것들을 필요없다고 여긴다.

치열한 경쟁을 통한 빠른 생산에 집착하는 사회에서 생명 존중 사상은 외면 받는다. 자녀가 부모를, 부모가 자녀를, 친구가 친구를, 이웃이 이웃을, 자신의 목적과 욕망을 채우기 위해 배신하고 극단적인 경우 살해하는 범죄까지 저지른다. 자녀를 출산하고 책임지지 않으며, 버리거나 방치함으로 생명을 잃게 하는 사건도 전보다 많아지고 있다. 이러한 사회 위기는 가정 위기로 이어진다. 성의 상품화, 배우자의 외도 문제로 가정에 위기가 찾아오고 방황하는 자녀들이 생긴다. 부모의 잦은 불화와 폭행은 자녀가 극단적인 선택을 하게 만든다. 결국 악순환의 반복이다.

생명존중의 가치를 상실해가는 시대, 우리는 어떻게 살아야 할까? 인간은 영혼을 가진 유일한 존재다. 좀 더 나은 삶을 살려면 끊임없이 생각하고 질문해야 한다. 그렇다면 생각하고 질문하는 힘은 어디에서 나올까? 한 철학자는 말한다. 인간은 죽으면 원소로 흩어지고 만다고. 다른 철학자는 죽음 이후의 영원한 삶에 대해 말한다. 그리고 또 다른 철학자는 이야기한다. 죽음 이후의 세상은 죽어서 생각하고 살아있을 때는 살아있음에 집중하라고. 주변을 둘러보며 가족과 이웃을 마음껏 사랑하라고. 모두 사랑으로 귀결되는 이야기이다.

생산에 초점을 맞춰 빠르게 살아가다 보면 정작 중요한 것을 놓친다. 관계의 중요성, 관계 속에서 피어나는 사랑의 힘, 사랑이 불러오는 열정과 기적의 이야기…… 아무리 우월한 인간이라고 해도 사랑 없이 살아갈 수 없다. 애착 결핍과 애정 결핍은 늘 허기진 삶을 살게 한다. 인간은 사랑으로 산다. 사랑을 성취하기 위해 일하며 사랑이 만들어내는 가치를 추구한다. 톨스토이는 '생명의 가치를 알고 사랑을 아는 것은 이웃을 돌아볼 수 있는 마음으로 사는 것이다'라고 했다.

다시 처음 이야기로 돌아가 보자. 지인이 염색체 검사 결과에 좌절해 다른 선택을 했다면, 어쩌면 평생 죄책감을 가지고 살았을지 모른다. 한 생명을 존중하고 희망을 보았기에 지인 부부는 소중한 아들을 얻을 수 있었다. 힘들어도 소중한 것의 우선순위를 잊지 않는 것, 희생의 가치를 깨닫는 것이 사랑을 실천하는 방법이다. 그저 빠르게만 산다면, 결과만을 바라며 산다면 사랑의 고귀한 열매는 우리 삶에서 열리지 않는다.

사유하지 않음은 유죄

다양성이 인정되지 않는 시대가 있었다. 사색을 통한 다양한 관점은 지배층이 피지배층을 다스리는데 방해가 됐다. 그래서 사회가 내세우는 단 하나의 관점으로만 세상을 보기를 강요했다. 그러나 이제는 달라졌다. 한 송이 장미꽃을 말할 때 지금은 다양한 표현을 할 수 있다. 누군가는 장미를 보며 열정을 말하고 누군가는 사랑을, 누군가는 미움을 이야기한다. 또 다른 사람은 장미의 순수함이 백합과 닮았다고 한다. 모두 다른 표현이지만 누가 무엇을 잘못됐다고 하겠는가.

다양성은 사유에서 생겨나며 사유는 고독 속에서 이루어진다. 외적 환경에서 오는 외로움은 엄밀히 말해 고독이 아니다. 친구들과 어울리지 못해, 밥을 혼자 먹어서 겪는 외로움을 고독이라고 하지 않는다. 고독은 사유하고 싶다는 내적 욕망을 쫓아 스스로 외로움을 누리는 것이다.

아무리 다양성이 인정된다고 하지만 타자가 공감하지 못하는 생각의 전환을 했다면 사회적으로 외면 받을 수 있다. 시대를 너무 빨리 앞선다거나 이해하기 어려운 천재적인 생각, 또 보편성을 뛰어넘는 엉뚱한 아이디어를 낼 때 사회는 이를 받아들이지 못한다.

전기, 축음기, 말하는 인형 등을 발명한 토마스 에디슨을 보라. 어린 시절 그는 병아리가 탄생하길 바라며 닭장에 들어가 알을 품었다. 기이한 발상이었지만 우리는 에디슨의 행동을 떠올리며 '떡잎부터 달랐다'고 평가한다. 에디슨이 수많은 발명품을 만들지 못했다면 그는 그저 기행을 일삼는 이상한 사람으로 여겨졌을 것이다. 물론 독특한 상상력으로 놀라운 결과물을 만든다고 해서 모두 인정받는 것은 아니다. 시대의 흐름 속에서 어떤 것은 버려지고 어떤 것은 이어져나간다.

문화는 수많은 사람이 만든 살아있는 생물체이기에 정체되어있지 않다. 누가 문화를 선도하느냐에 따라 그 방향성이 결정된다. 그래서 성공하려면 때로는 기발한 상상력보다 시대의 흐름을 읽는 혜안이 필요하다. 자본주의 사회에서는 지금, 어느 세대가 주인공이 돼 지갑을 여느냐가 성공의 열쇠가 된다.

백 세 시대인 만큼 노년에도 충분히 성공할 수 있다. 성공하려면 사유와 공부는 필수다. 다양한 분야의 책을 통해 시대의 흐름을 살피자. 굳이 책을 사지 않아도, 대형서점 베스트셀러 코너에 가면, 책 제목만으로 시대의 흐름을 짐작할 수 있다. 부동산과 주식, 비트코인이 이슈가 될 때도 있고 자기계발서가 붐을 이룰 때도 있었다. 취업보다 창업이 관심 받을 때도 있었다. 책뿐 아니라 SF영화를 보며 미래 산업을 예측할 수 있다. 하늘을 나는 자동차, 달나라 여행 등 앞으로 인류가 어떤 산업에 주력할지 상상 가능하다.

깊이 있는 사색으로 시대의 흐름을 짚어냈다면 이를 행동으로 옮기는 일이 중요하다. 행동으로 옮기지 않는다면, 실패도, 성공도 경험할 수 없다. 그렇다고 일을 크게 벌이라는 의미가 아니다. 감당할 수 있는 범위 안에서 투자하고 경험해 보라는 것이다. 트렌드에 동참하기 위해 동영상 제작을 배워본다든지, 틈틈이 터득한 경제지식으로 소규모 투자를 해본다든지, 작은 규모나마 도전해보는 것이다.

중년 이후 우리는 도전은 피하고 안정을 찾는다. 실패할 가능성이 조금이라도 보이면, '이 일은 실패할 확률이 높으니 포기하는 편이 좋겠다'고 결심한다. 그러니 삶의 활력은 점점 줄어든다. 많이 사유한 끝에 신중히 결정해 도전했다면 실패도 성공으로 향하는 소중한 경험이 된다.

자녀를 키울 때도 마찬가지다. 자녀가 많이 도전하고 실패 속에서 깨달을 수 있도록 도와야 한다. 자녀가 달려가다 넘어졌다면, 스스로 일어날 때까지 기다려주자. 그리고 일어났을 때 박수쳐주는 것이다. 자녀에게 든든한 부모가 있는데 도전이 왜 두렵겠는가? 시냇물이 강을 이루고, 강이 바다를 이루듯 작은 습관이 모여 한 사람의 인생을 만든다. 사색을 통한 도전, 크고 작은 실패, 그리고 여러 실패 끝에 이뤄낸 성공이 지금의 나를, 또 소중한 내 자녀의 삶을 강하게 만든다. 나답게 살아가는 것은 사유가 바탕이 됐을 때 가능하다.

자녀를 교육할 때도 나름의 교육철학이 있어야 한다. 그때그때의 감정에 따라 혼내고 칭찬한다면 자녀는 혼란스러워 한다. 정확한 교육철학을 제시할 때 비로소 자녀도 부모의 생각에 공감하고 이를 따라갈 수 있다. 나아가 자녀에게 사유하는 습관을 기르도록 독려해야 한다. '어린데 무슨 철학인가?'라고 할 수도 있다. 그러나 철학은 어릴 때부터 일상생활 속에서 이루어진다. 무언가를 결정할 때, 도전할 때, 사람을 대할 때, 생각하고 정리한 뒤 행동으로 옮기는 습관을 길러야 한다. 사유는 삶 속에서 경험되는 수많은 갈등을 지혜롭게 풀어가게 하는 힘이 된다.

『소크라테스만 철학입니까?』라는 책을 쓴 황미옥 작가가 있다. 그녀는 경찰관이지만 반복되는 일상 속에서 꾸준히 철학을 한다고 말한다. 철학을 한다는 것은 매일 철학자의 마음으로 깊이 있게 세상을 바라보고 생각을 실천한다는 뜻이다. 일상의 사상가가 되어 작은 일에도 나의 가치관을 행동으로 옮기는 것이다.

나이 들어 사유하지 않음은 유죄이다. 쏟아지는 정보 속에서 무엇을 담고 무엇을 버려야 할지 분별할 수 있어야 한다. 중장년층이 트렌드에 민감한 젊은 세대를 따라잡기는 어렵다. 그러나 수많은 트렌드 중에서 어떤 것이 오래 가고 많은 세대를 사로잡을지를 아는 힘은 더 강할 수 있다. 그래서 사유의 힘을 기르는 일이 반드시 필요하다.

때로는 예민한 감각보다 세월 속에서 쌓아온 지혜가 더 나을 때도 있다. 그렇기 때문에 '사유해나가는 나이 듦'은 무죄이다. 나는 오늘도 나이 듦이 나에게 주는 의미를 사유한다.

책 읽기와 글쓰기의 매력

어려서부터 책 사는 것을 좋아했다. 용돈을 받으면 우선 책부터 샀다. 성인이 되고 나이가 들어서도 그 습관은 여전히 그대로다. 서점에 가는 순간 가슴이 뛰면서 나는 어느새 설렘과 호기심 가득한 어린아이가 된다. 좋아하는 작가가 출간한 책에는 돈을 아끼지 않고 내가 모르는 분야의 책도 내용이 마음에 들면 고민 없이 사서 집에 가져온다. 하지만 커다란 책장에 빽빽이 꽂힌 수백 권의 책이 부담될 때도 있다. '언제 다 읽지?' 밀어두었던 숙제들로 마음이 막막해진다.

책장의 책들을 한 권 한 권 자세히 살펴보면 인문학, 기술서, 미래과학서, 경제서 할 것 없이 분야도 다양하다. 그동안 어느 한쪽으로 치우치지 않고 다방면으로 독서하려고 노력했다. 책장에는 읽지 않은 책이 읽은 책보다 더 많다. 논문을 쓰거나 글을 쓸 때 참고 도서로 삼겠다는 포부를 가지고 샀지만 그러한 결심을 실천한 책도 있고 그렇지 못한 책도 있다. 논문에 활용하는 참고 도서는 통계나 각종 데이터를 제시할 때 많이 쓰기 때문에 되도록 5년 안에 출간된 도서를 사용하는 것이 좋다. 그러나 집에 오래오래 두고 보고 싶은 고전이라면 발간년도는 중요치 않다.

내가 이토록 책을 사랑하는 이유는 책 속에 한 시대가 들어있기 때문이다. 시대는 빠르게 변한다. 따라서 책마다 시대를 반영해, 사회를 바라보는 시각과 관점이 다르다.

우리나라 전래동화『흥부와 놀부』에 대해 이야기해보자. 기성세대에게 놀부는 나쁜 사람, 흥부는 착한 사람으로 인식돼 있다. 그런데 얼마 전 MZ세대 지인과 트렌드에 관해 대화하게 되었다. 그는 나와 다른 관점으로 세상을 바라보고 있었다.

"흥부는 게으르고, 능력 없는 사람 같아요. 타인에게 의존적이기도 하고요."

더불어 그는 놀부가 성품이 악하기는 하지만 나름의 강한 생활력이 강점이라고 했다. 그러니 놀부 입장에서 의존적으로 살며 지금의 환경에서 벗어나려고 노력하지 않는 동생이 한심해 보일 수 있다는 것이었다. 놀부가 자신의 능력을 십분 발휘해 살았다니, 처음에는 그가 제시하는 새로운 논리에 어리둥절해 했지만 시간이 지날수록 흥부를 다르게 볼 수도 있겠다는 생각이 들었다. 더군다나 그는 경쟁과 능력에 따라 가치를 매기는 자본주의에 익숙한 세대가 아닌가. 그것은 그가 사는 시대를 반영한 가치관일 수 있었다. 한 권의 책을 읽고도 이렇듯 가치관에 따라 평가는 달라진다. 도덕적인 관점을 반드시 짚어봐야겠지만 어찌됐든 사람마다 생각이 다르다는 것은 인정할 수밖에 없다.

나는 한동안 다독에 집중했을 뿐 정독의 가치에 대해 깊이 생각하지 않았다. 그러다 지인과 대화하며 다독을 추구했던 나의 독서법을 다시금 되짚어보게 되었다. 그동안 다독을 통해 얻어지는 지식과 읽었다는 성취감에 만족하곤 했었다. 그러나 그로 인해 지식이 사유로, 사유가 나만의 사상으로 발전되지는 못했다. 몇 권을 읽었느냐보다 한 권을 읽더라도 곱씹고 생각하며 나만의 지식을 만들어가는 과정이 중요하다는 것을 깨달았다. 그래야 좋은 책을 고를 수 있는 안목도 생겼다.

기독교 사상가이자 목사인 C. S. 루이스는 자신의 저서 『책 읽는 삶』에서 독서는 '타인의 눈으로 새로운 세계를 보는 즐거움'이 있다고 말했다. 또한, 그는 고전을 읽을 것을 권한다.

'시대마다 특유의 관점이 있다. 특히 잘 포착하는 진리가 있고 범하기 쉬운 과오가 있다. 그래서 우리 모두에게 이 시대 특유의 과오를 바로잡아 줄 책들이 필요한데, 그것이 바로 고전이다.'

고전을 읽을 때 주의할 점이 있다. 좀 더 편하게 읽겠다는 마음으로 고전을 재해석한 책을 고른다면 어느 때보다 신중해야 한다. 풀이하는 과정에서 저자의 설명이 독자에게 잘못 전달될 수 있으며, 더 어렵게 다가올 수 있다. 그렇기 때문에 그는 '우리 스스로 고전을 읽고 해석하는 능력을 키워야 한다'고 주장한다. 철학 분야 관련 서적을 읽다 보면 C. S. 루이스의 말에 동의할 때가 많다. 원래 저자, 그러니까 사상가가 전하려는 고유의 메시지를 더 복잡하게 서술해 독자에게 혼선을 주는 듯한 느낌을 받기 때문이다.

고전은 시간이 걸리더라도 깊게 읽는 편이 좋다. 나아가 한 가지 주제, 다양한 시각의 책들을 섭렵한다면 더욱 좋다. 이는 편견에 갇히지 않기 위해서다. 다양한 학문을 경험한 사람은 타인에 대한 배려와 이해가 넓어지며, 타인의 학문을 존중할 수 있다.

그렇다면 어떻게 책을 읽어야 할까? 우리는 책을 읽었다고 해서 저자의 철학과 사상을 그대로 받아들이지 않는다. 저자의 생각이 나와 다를 수도 있다. 그러나 다른 생각이 주는 매력을 경험하고, 이를 보다 많은 사람을, 여러 문화를 이해하는 데 활용할 수 있다. 만약 사회생활을 하고 있다면 폭넓은 독서가 다양한 사람을 품는 기초가 된다.

궁극적으로 독서를 통해 나만의 가치관과 사상을 만들어가야 한다. 그래서 나는 책을 읽은 뒤 글을 쓴다. 저자의 생각에 공감하는 부분, 다른 생각 등을 써내려나가고 이 책을 통해 깨달을 점을 한 장의 페이퍼로 정리해나간다. 이때 잘 쓰겠다는 부담감을 버려야 이 같은 독후과정을 꾸준히 해나갈 수 있다. 또한 낱장에 기록하지 않고 하나의 노트에 기록해나간다면 관리가 쉽고 나중에 활용이 가능하다.

나는 책 읽기와 글쓰기를 나눠서 생각하지 않는다. 책 읽기가 자연스럽게 글쓰기로 이어지기 때문이다. 만약 글쓰기의 정확한 방향 설정이 이루어지지 않았다면 오늘 하루 겪었던 일들을 가볍게 정리해나가는 것도 좋겠다. 그 속에서 소소하지만 중요했던 삶의 의미를 찾아갈 수 있다. 좋은 글을 탄생시키겠다는 목표만 바라보게 되면 글쓰기를 생활화하는 기회를 놓치고 만다.

글쓰기는 스트레스 해소에 좋다. 내가 겪었던 일들을 기록해나가는 것만으로도 심리적인 갈등과 우울, 불안을 해결하는 데 도움이 된다. 주관적인 생각에서 객관적인 생각으로 사고가 확장되며 사물을 바라보는 관점이 다양해진다. 벗어나지 못했던 생각의 틀을 깨는 데도 도움이 된다. 그렇다고 글쓰기가 삶의 모든 갈등을 해소하고 일상을 풍요롭게 해주는 만능열쇠는 아니다. 이미 여러 번 강조했듯 글을 쓰며 도출해낸 결과들을 일상 속에서 실천해나가는 것이 중요하다. 생각이 행동이 되는 순간 삶은 변한다.

독후활동을 할 때 생각을 쓰는 것이 부담스럽다면 우선 좋은 문장은 수집해 정리한다. 마음을 울린 문장을 나의 언어로 바꿔보는 것이다. 나이 들어간다는 것은 삶의 흔적이 많아진다는 뜻이다. 삶의 흔적을 지난 세월 속에 흘려보내지 않고 남겨둔다면 자녀들에게도 좋은 표상이 될 수 있다. 그러니 삶 속에서 읽기와 쓰기를 실천하자. 그 간단한 과정 속에서 나는 나의 내면을 쓰다듬고 세상을 깊이 있게 바라본다. 자녀에게 삶의 지침이 되는 소중한 기록도 남길 수 있다.

혼자가 아닌 존재

사색하다 보면 많은 것을 깨닫는다. 우리는 사랑받고 사랑하기 위해 살아간다는 것, 혼자서는 살 수 없다는 것, 당연한 사실인데도 매일 반복되는 일상 속에서 그 진리를 잊고 산다.

돌이켜보면 삶은 완성을 향해 한 걸음씩 나아가는 어린아이의 걸음걸이와 같다. 한 걸음을 내딛기 위해 수없이 많은 넘어짐이 있었고, 도전이 있었다. 넘어지면 포기할 법도 한데 아이는 절대로 포기하지 않고 네 발로 기었다가 세 발로 기고, 그러다가 디딤대를 잡고 일어선다. 그러나 그것도 쉬운 일은 아니다. 부단한 쿵 사고가 일어난 뒤에야 홀로서기가 가능하다. 그러기까지 얼마나 많은 힘이 필요했을까? 절망하고 다시 용기를 내면서, 아이는 한 걸음을 내딛게 된다. 누구나 그런 과정을 거쳤지만 이제는 기억하지 못한다. 우리 삶에 절망과 절망을 뛰어넘는 용기가 필요했던 순간이 있었음을. 인간은 망각의 동물이기 때문에 쉽게 생각하고 쉽게 무너진다. 그래서 삶의 망각에서 벗어나 중심을 잡고 살아가려면 사색이 필요하다. 지난 날의 상처가 남긴 의미를 생각해볼 수 있는 시간 말이다.

아이의 홀로 분투기를 보면서 부모는 많은 것을 깨닫는다. 하지만 자식은 3살까지만 효도한다고 했던가. 자라면서 자기주장이 생기고 갈등은 시작된다. 특히 사춘기가 되면 엄마, 아빠 갱년기와 맞붙게 되면서 눈에 보이지 않는 3차 대전을 치른다. 옳으면 옳은 대로, 그르면 그른 대로 자기주장을 내세우며 심술을 부린다. 부모 또한 그런 자식을 보면서 옳으면 옳은 대로, 그르면 그른 대로 자기주장을 한다. 한 치의 양보도 없는 것처럼 심리전을 펼치다 어느새 나이가 들면 그런 것이 언제 적인지 기억도 나지 않을 만큼 사라진다. 호르몬의 변화 탓인 것이다. 젊어지려는 호르몬과 늙어지려는 호르몬이 만나 결투를 벌인 것이다.

아이의 성장통은 아플 만큼 아파야 떠나간다. 서두른다고 제자리로 돌아오지 않는다. 감기와 같아 시간이 지나야 아픔이 성장으로 이어질 수 있다. 부모도 마찬가지다. 부모는 아플 만큼 아파야 내려놓을 수 있다. 그리고 그 자리에는 이해하려는 배려가 남는다. 아이는 성장통이라고 할 수 있지만 부모도 성장통일까? 아니다. 부모는 성숙통을 앓는다. 그래서 이해하려는 마음이 생기는 것이다.

나무는 어떨까? 나무도 땅속 깊숙이 뿌리를 내리고, 힘찬 입김으로 물을 빨아올려야 살 수 있다. 뿌리는 땅속 장애물을 이긴 뒤 뻗어 나가야 하고, 싹은 흙 위로 올라간 뒤 잎을 피워야 성장한다. 이것이 나무의 성장통이자 성숙통이다.

성장은 혼자서 이루어낼 수 없다. 나무에 빛과 물 그리고 바람이 필요하듯 사람에게도 지원군이 필요하다. 누군가는 혼자 자랐다고 말하고 싶을 수 있다. 그러나 돌아보면, 결코 혼자가 아니었음을 알게 된다. 부모가 일찍 돌아가시고, 형제가 없다 하여, 혼자 자랐다고 자랑할 수 없다. 그러기에 세상은 고마운 것이다. 누군가가 존재했기에 내가 존재할 수 있는 인간의 운명은 필연의 연속이기 때문이다.

오늘도 혼자가 아닌 동지들이 있어 감사하다. 성숙통을 겪으면서 철이 들어가노라니, 함께 호흡하고 격려하며, 사랑과 정을 나누며, 무거운 짐을 나누어질 수 있다는 데 박수를 보낸다. 그러나 생각하지 않았다면 그냥 지나치고 말았을 사실들, 그래서 틈틈이 일상을, 인생을 돌아보는 일이 중요하다.

주변에 힘들어하는 사람이 있으면, 위로하며 응원의 메시지를 건네고 싶다. 그러나 세상이 달라져 쉽게 위로와 응원을 하기도 어렵다. 쓸데없이 오지랖이 넓으면 사람들이 싫어한다. 그러나 인생을 살아본 사람이라면, 남들이 뭐라 하든 힘들어하는 이에게 어깨를 내어주고 싶을 때가 있다.

시골 정원, 말없이 서 있는 노송의 든든함과 정원 한 편 대나무의

스산한 바람 소리는 나의 노래가 된다. 나무는 누구도 나무라지 않는다. 불평하지 않는다. 성장을 향해 몸부림치지 않는다. 성숙을 위해 아파하지 않는다. 그러나 이 또한 우리의 생각일 수 있다. 우리가 눈치 채지 못하는 사이 그들 나름대로의 성장통과 성숙통을 겪고 있을지 모른다.

성장과 성숙을 향한 몸부림은 과연 누구를 위한 아픔이여야 하는가? 인생을 자연스럽게 받아들이고, 흘려보내면 좋으련만 그렇게 되지 않는다는 것이 문제다. 아무리 성장통, 성숙통이 아프다고 해도 중요한 것은 우리는 혼자가 아니라는 점이다. 아프고 슬플 때 서로에게 우산이 되어주고 난로가 되어주는 가족이, 친구가, 연인이 곁에 있다. 서로 기대서 있는 모습, 사람 인人 자를 떠올려본다. 함께하는 모습 그것은 아름다운 상생이며, 울타리이다.

오늘은 곧 내일이라는 열매

얼마 전 「세컨하우스」라는 예능 프로그램이 방영됐다. 강원도 평창에 자리 잡은 세컨하우스에 배우 최수종, 하희라 부부가 살며 다양한 에피소드를 만들어갔다. 마을 분위기를 새롭고 밝게 만들기 위해 젊은이들과 함께 벽화를 그리며 부부는 호기심 가득한 모습이었다. 강추위도 마다하지 않고 마을 벽화 그리기에 헌신하는 젊은이들을 보며 그 모습이 참 예쁘다고 했다. 하희라가 남편 최수종에게 "젊은 시절로 돌아가고 싶냐"고 물었다. 부부의 마음은 같았다. 지금이 좋다며 젊은 시절로 돌아가고 싶지 않다고 했다. 힘들었던 과거를 지나 이제는 안정된, 열심히 산 결과인 오늘을 놓치고 싶지 않은 듯했다.

젊음은 장미의 아름다움과 닮았다. 달콤하고 매혹적이지만 피어 있는 기간이 생각보다 짧다. 꿈을 향한 열정을 실행하지 않으면 금세 지나가버리고 만다. 그래서 불확실한 미래를 걱정하고 불평하며 젊음을 흘려보내선 안 된다. 나는 만나는 젊은이들에게 많이 도전하라고 말한다. 실패하면 좀 어떤가. 젊은 시절에는 실패를 이길 수 있는 육체적 에너지와 심리적 회복탄력성이 충분히 있다. 빨리 결과를 얻으려는 성급한 마음만 먹지 않으면 된다. 무슨 일이든 차근차근 해나간다면 성공과 안정을 향한 문은 열리기 마련이다. 인생은 저절로 완성되지 않는다. 성공과 실패를 반복하며 완성되어간다. 세상은 젊은이들이 인류와 사회를 위해, 기성세대가 미처 완수하지 못한 과제를 풀어나가길 기대한다.

한 그루의 나무에는 다양한 생명이 산다. 젊음 역시 나무처럼 무한한 가능성을 품고 있다. 그들의 열정이 어디로 뻗어나가든, 그것이 진실하고 참되다면 좋은 열매를 맺는다. 그러나 중년으로 접어들면 젊을 때 가졌던 시간의 가능성은 줄어들고 실패를 두려워하는 마음이 커진다. 체력의 한계로 육체적인 노동은 피하고 싶어진다. 그래서 안정된 투자를 해야 한다는 강박이 생긴다.

노년을 향해 갈수록 안정을 향한 갈망은 강해지고 도전은 먼 과거의 이야기가 된다. 하지만 노년에도 도전은 필요하다. 물론 노년의 도전은 젊은 시절의 도전과 결이 다르다. 살아온 경험이 자산이 되는 도전, 그동안 쌓아온 지식과 지혜를 활용할 수 있는 도전이라면 부담스럽지 않게 실행하면서 인생의 의미 또한 찾을 수 있다.

나는 은퇴 이후 심리상담센터를 오픈하는 도전을 했다. 수십 년간 이웃을 만나 이야기를 듣고 다방면에서 도왔던 활동을 은퇴 이후에도 이어가겠다는 결심이 있었기에 가능했다. 주부로 살며 요리가 취미였던 가까운 지인은 보다 전문적으로 요리를 배워보겠다는 마음으로 한식조리사 자격증에 도전했다. 손재주가 좋았던 또 다른 지인 역시 문화센터에서 그림을 배우기 시작했다.

인생을 잘 살았다면, 누구나 내면에 지혜의 주머니를 가지고 있다. 이것이 '나이 듦'이 주는 선물 아닐까. 걸어온 길을 돌아본다면, 그 길에 알게 모르게 내가 꽃을 심고 나무를 심었다는 사실을 깨닫게 된다. 누군가는 쉴 수 있는 벤치를 마련해놓았을 수도 있다. 젊은 날 많은 고뇌가 있었겠지만 그만큼 값진 보석을 얻었음을 잊지 말자.

이제 막 중년에 접어든 이들에게는 자녀의 학업과 결혼, 회사에서의 커리어 문제, 노후준비 등 해결해야 할 일이 많이 남아있을 것이다. 그러나 그들에게 말해주고 싶다. 조급해하지 않고 천천히 앞으로 나아가면 된다고. 지금껏 잘 해왔듯이 앞으로도 잘 해나갈 수 있다고. 삶은 지금이 가장 중요하다. 살아온 시간을 후회하고 원망한다면 사람을 잡아먹고 눈물을 흘리는 악어와 비슷해진다. 인생은 자신이 만든 결과이기 때문이다. 만약 잘못된 선택으로 나를 어둡게 만들었다면 앞으로 엉킨 실타래를 풀어나가면 된다. 조금씩 풀어가다 보면 어느 순간 인생은 달라지고 나에게 감사할 수 있는 날이 찾아온다.

은퇴가 가까워졌다면 마음의 여유를 갖고 자신을 돌아봐야 한다. 앞만 보고 달렸다면, 자기 자신에 대해 모를 수 있기 때문이다. 그동안 쌓아놓은 지식은 무엇인지, 가장 자신 있는 분야는 무엇인지, 스스로 판단하고 준비해야 한다. 일상에 지쳐있는 자신을 격려하고 미래를 위한 모닥불을 지펴야 한다.

노년은 인생의 허무함을 말하는 시기가 아니다. 나는 누구인지? 내가 있는 자리는 내가 있을 자리가 맞는지? 남은 생에 대한 구체적인 그림은 있는지? 사색하고 계획하고 행동해야 하는 시기다. 대부분이 시간을 주도적으로 사용한다고 믿지만 사색하고 사유하지 않는다면 시간에 끌려 다니기 십상이다.

노년은 생각보다 길다. 그냥 흘려보내기에는 아깝다. 그러니 과거를 반추하면서 미래를 설계해야 한다. 혼자가 아닌 가족과 함께 논의한다면 더욱 실질적인 계획을 세울 수 있다. 노년은 우리 모두에게 다가올 미래이기도 하다. 그러니 중년에 접어들었을 때부터 경제적인 부분, 인간관계, 심리적인 부분을 돌아보고 앞날을 계획해야 한다.

만약 준비하지 못한 채 은퇴를 맞이했다고 해도 늦지 않았다. 지금이라도 다이어리를 꺼내 자신의 삶을 써 내려가는 것이다. 새로운 일들을 계획하고 기대하는 것, 멋지지 않은가?

시간은 흘러간다. 어쩌면 소멸한다는 표현이 더 맞을 것이다. 흘러가는 시간 속에서 나에게 주어진 시간도 사라져가고 있다. 시간은 사라지지만 내가 남긴 삶의 흔적은 내가 머무는 공간과 기억 속에 남아있다.

멋지게 나이 들어간다는 것은 많은 물질과 큰 명예, 권력이 있어야 가능한 일이 아니다. 사색하는 습관을 통해 지금 내 삶의 가치를 깨닫는 노년이 진정으로 멋지다고 말할 수 있다. 젊은 시절만 가치있다고 여긴다면, 살아온 세월이 아깝게 느껴진다면, 보다 넓게 세상을 보고, 인생을 바라보아야 한다. 과거, 현재와 미래로 연결되는 시간의 고리를 신중하고 소중하게 바라다면 노년이 얼마나 보석같이 빛나는 시간인지 알 수 있다.

삶의 주기를 생각하다

나무에 나이테가 있듯 사람도 세월의 나이테가 몸과 마음에 새겨진다. 얼굴에 주름이 생기고 생각도 젊을 때보다 깊이 있어진다. 그렇게 우리는 나이 들어간다. 노년에 접어들고 나니 좋은 점도, 불편한 점도 있다. 한층 원숙한 자세로 사람을 대할 수 있다는 점, 포기해야 할 부분은 속 시원히 포기한다는 점, 그러나 단단해진 마음과 달리 우리 몸은 나이 들수록 약해진다. 세상 모든 것에 유통기한이 있고 우리 역시 조금씩 죽음을 향해 나아간다. 사실 사람의 노화와 죽음을 과학적, 의학적 이론만으로 이해할 수는 없다. 인문학적, 사회과학적 관점에서의 사유가 더해져야 그 거대한 담론을 조금이나마 이해하게 된다.

우리는 태어나 다양한 사람과 관계 맺고 일하며 살아간다. 자연의 이치도 다르지 않다. 밭에 씨를 뿌리면 싹이 자라 열매를 맺고, 누군가 이를 추수한다. 불운이 닥치지 않는 이상 비옥한 땅에서 자란 나무의 열매가 풍성하다. 우리 삶도 자연과 닮았다. 자연이 계절의 옷을 챙겨 입듯 인간도 세월의 옷을 입는다. 자연도, 인생도, 활기 가득했던 봄과 여름을 지나 춥고 조용한 가을과 겨울로 접어든다. 그러나 황량해 보이는 한겨울도 자세히 들여다보면 온기와 생명을 품고 있다. 다음 해를 위한 준비가 꽁꽁 언 땅 속에서, 앙상한 나뭇가지 속에서 활발히 이루어진다.

노년도 그러하다. 생이 얼마 남지 않았지만 미래를 향한 소망을 품고 살아간다. 노년에 만나는 아이들은 희망과 기쁨의 아이콘이다. 우리는 아이들이 품은 무한한 가능성을 보며 더 나은 세상을 꿈꾼다. 건강한 다음 세대가 있다는 것은 봄날에 피어오를 푸른 새싹이 너른 땅에 충분히 심어져 있다는 의미다. 아이들이 없다면, 인류는 미래를 열 수 없으며 세상은 한겨울 북풍 속에 머물게 된다.

아동, 청소년, 청년, 중년, 노년으로 이어지는 삶의 주기를 떠올려본다. 미래의 희망을 품은 아이들은 자라며 자기주장이 생긴다. 자기주장이 강해지다 못해 때로는 어른과 견주려는 당당함도 드러내 보인다. 어른이 볼 때 별 것 아닌 일에 웃고 우는 아이들이 재미있어 보일지도 모른다. 그러나 그 과정을 가벼이 여기면 안 된다. 어른들은 아이들이 무엇으로 고민하는지 함께 이야기해야 한다. 그렇게 어른과 대화하는 과정을 통해 스스로 문제를 풀어나갈 능력이 생기고 배려와 사랑의 자세를 배울 수 있다. 인생을 혼자 살아갈 수 없음을 깨닫게 된다.

청소년기는 질풍노도의 시기이다. 이 시기 청소년들은 활화산처럼 솟구쳐 오르는 내면의 감정을 밖으로 폭발시킨다. 화산이 폭발하며 나온 뜨거운 용암에 주변 마을이 파괴되듯 아이들의 종잡을 수 없는 감정은 주위를 힘들게 만든다. 아이들은 극심한 신체적·정서적 변화와 함께 눈에 띄게 성장한다. 변화와 성장을 위해 몸부림치며 새로운 세계를 향해 여행을 떠난다. 앞으로 나아갈 방향을 고민하는 것이다. 이 시기에는 친구관계 뿐 아니라 자신의 내면도 밀도 있게 바라본다. 질풍노도의 시기 속에서 자신의 잠재력과 재능을 깨닫고 올바르게 진로를 잡았다면 무난하게 청소년기를 지나 청년기에 안정적으로 접어들 수 있다.

정체성이 확립된 청년기에는 무엇이든 도전할 수 있다. 실패도 약이 되는 시기, 넘치는 에너지를 잘 활용해 균형 있는 사회생활을 해나가야 한다. 그러려면 다양한 경험을 통해 논리력과 사고력을 키워야 한다. 청년기는 사회생활을 시작하는 시기이기도 해 타인에 대한 이해력 또한 넓혀야 한다. 삶의 주도권을 막 쥐기 시작한 파릇파릇한 청년의 좌충우돌 도전기는 재미있을 때도, 슬플 때도, 흥미로울 때도, 처절할 때도 있다. 그러나 그런 다양한 경험이 얼마든지 허락되는 시기임을 감사하자. 젊음은 그 자체로 한 송이 꽃이며, 예술인만큼 능동적으로 움직이며 자기만의 경험을 만들어가는 것이 중요하다.

중년이 되면 만발했던 꽃의 수분이 조금씩 빠져나간다. 이제 도전도 중요하지만 주어진 시간을 규모 있게 다루어야 한다. 체력은 예전만 못하고 경제적인 안정도 추구해야 하기 때문에 새로운 것에 도전하기보다 지금 머무는 곳에서 안주하려는 마음이 생긴다. 늘어놓았던 것들을 신중하게 정리하며 남은 생의 방향을 고민해야 하는 시기이기도 하다. 인생의 중간 지점인 만큼 살아온 세월을 돌아보고 평가할 수 있다. 한 가정의 가장이자 중심축, 직장의 중간관리자가 되는 때이기도 해 타자의 입장을 많은 부분 배려한다.

은퇴 시점이 점차 다가오는 노년에는 젊은 시절 느끼지 못했던 불안을 겪는다. 100세 시대라고 하는데 은퇴 이후 남은 시간을 어떻게 보내야 할지, 경제적인 부담은 없을지 두려움이 생긴다. 능력이 없어서가 아니라 생애 처음 겪는 새로운 세계를 향한 두려움이다. 인생은 한 치 앞을 내다볼 수 없고 단지 은퇴했다는 이유로 사회에서 환영받지 못할 수도 있다. 어찌됐든 누구에게나 은퇴의 시간, 노년의 시기는 다가온다. 그렇기에 젊음이란 시간 안에서 영원히 머물고 싶어도 그럴 수 없다.

이쯤에서 나는 삶의 주기를 비틀어보고 싶다. 노년은 모든 것을 갈무리하며 속절없이 시간을 흘려보내는 시기가 아니다. 노년은 현재진행형이다. 온몸에 고장 난 곳이 많고 경제력은 예전만 못해도 삶을 향한 활력은 여전히 차고 넘친다. 내가 움직일 수 있는 한계 안에서, 즐길 수 있는 범위 내에서 세상과 소통하며 앞으로 나아갈 수 있다. 노년을 걱정하며 시간만 흘려보낸다면, 또는 젊은 시절을 그리워하며 과거를 후회만 한다면 머지않아 무기력해지고 말 것이다. 우리는 노년에도 생명의 씨앗을 얼마든지 품을 수 있음을 잊지 말아야 한다.

삶의 주기에 따른 특성은 분명 존재한다. 그러나 그것이 세상 모든 사람에게 적용되는, 단 하나의 예외 없는 정답은 아니다. 누군가에게는 청년기가 인생의 겨울일 수 있고 누군가에게는 노년이 인생의 여름일 수도 있다. 남들과 다른 계절을 거친다고 해서 좌절해야 할까? 좌절해봤자 달라지는 것은 없다. 결국 인생은 나 스스로 가꾸고 키워나가며 책임져야 한다. 지금 이 순간이 힘들다고 해서 쉽게 포기하고 저버려선 안 된다.

앞선 세대의 조언이 다음 세대의 삶에 큰 힘이 된다는 사실 또한 잊지 말자. 내가 스쳐가듯 했던 말, 가벼운 응원을 어린 손자가 기억하고 다시 말해줄 때가 있다. 앞선 세대가 남겨준 좋은 추억이 인생의 큰 힘이 된다는 것을 나는 손자를 통해 배운다. 그러고 보면 인생의 사계절은 사람에서 사람으로 이어지며 흘러간다.

Q
오늘 자세히 들여다보며
사유했던 것은 무엇인가요?
사유의 결실을 정리해보세요.

CHAPTER 7

살면 살수록 결국은 사랑

세상 모든 것은 사랑으로 귀결된다. 그러니 마음껏 사랑하자.
내 이웃을, 가족을, 그리고 나 자신을 소중히 여기며
사랑한다고 말해주자.

직선과 곡선의 교차가 만든 사랑의 선물

상징과 기호로 삶의 이야기를 써내려가 본 적이 있는가? 하트 기호 속에 사랑의 의미를 담는 것과 비슷하다. 가끔은 단순명료한 그림 속에 자신의 이야기를 넣어보자. 반드시 논리정연한 글이나 잘 구성된 그림으로 삶을 표현할 필요는 없다. 말하기 어려운 비밀, 부끄러웠던 실패담, 오랜 세월이 지나도 지워지지 않는 상처를 네모, 세모, 동그라미, 곡선과 직선 등의 단순한 그림으로 표현해보는 것이다. 그것이 설사 하나의 점이라고 해도 누군가에게는 인생 자체가 담길 수 있다. 아무 의미 없어 보이는 한 장의 사진이 누군가에게 큰 의미일 수 있듯이 말이다.

기호를 통해 이야기 나누는 것만으로도 인생의 중요한 전환점을 맞이할 수 있다. 아팠지만 자신의 삶에서 빼놓을 수 없는 이야기를 떠올리는 순간, 치유의 길은 열린다. 물론 꺼내놓기 어려운, 고통스러운 이야기일 수 있다. 그러나 그 고통이 내 삶을 지배하지 않으려면 끊임없이 꺼내놓고 치유하려고 노력해야 한다.

가까운 지인은 자신의 인생을 직선과 곡선의 교차로 표현했다. 직선은 별 탈 없이 흘러왔던 삶이며, 곡선은 힘들었을 때를 상징했다. 모두 그가 묵상하며 얻어낸 상징의 언어였다. 지나고 나니 어느 것이 좋았다고 결론 내리기 쉽지 않으나 모두 자신을 성숙하게 만들어주는 시간이었음은 분명했다. 그만큼 매 순간이 소중했다. 어린 아들을 먼저 하늘나라로 떠나보내야 했던 시절은 말할 수 없을 만큼 고통스러웠다. 그런데도 세월은 흘러 슬픔을 가슴에 묻었다. 떠난 사람은 떠나보내고 산 사람은 산 사람대로 열심히 사는 것이 인생이었다.

50대 초반에는 사람들과의 극심한 갈등이, 배신감을 느끼게 만들었던 여러 사건이, 그를 우울하게 만들었다. 다니던 직장에서 빈손으로 쫓겨났을 때는 죽고 싶은 충동마저 일었다. 아내와 자녀, 가족을 떠올리며 겨우 그런 충동을 잠재울 수 있었다. 고통 속에서 몸부림치던 그때, 한 사람이 그를 살렸다. 젊은 시절 다니던 잡지사에서 취재하다 우연히 알게된 한 인연이 아무 조건 없이 그가 일할 수 있게 자리를 마련해주었고 월급도 넉넉하게 주었다. 가족과 생활할 수 있는 집도, 자동차도 제공해주었다. 덕분에 바닥으로 내리쳤던 자존감은 조금씩 회복돼 갔으며 조건 없는 사랑이 무엇인지도 깨달을 수 있었다.

나는 이야기를 들으며 지인이 만났던 인연이 아마도 어려운 이웃을 돕는 사명감을 가지고 있지 않았을까, 생각해보았다. 극단의 상황에서 자존감을 회복시켜주고 경제적 어려움까지 해결해 준 지인에게 그는 늘 감사하고 있었다. 한 편의 동화 같은 아름다운 사연을 나는 시간 가는 줄 모르고 들었다. 그가 그린 직선과 곡선에 믿을 수 없는 사연이 숨어있을 거라곤 상상치 못했다.

놀라운 사랑을 경험한 그는 그동안 받았던 사랑을 다른 이웃에게 나눠 주고 있다. 아직 경제적 여유는 없지만, 도움이 필요한 이웃을 격려하며, 자신의 능력 안에서 최선을 다하고 있다. 오랜 가뭄으로 갈라진 대지에 한 줄기 단비가 내린 것이다. 그리고 단비는 대지를 적시고 생명체가 자라날 수 있게 도와주었다. 그것은 한 사람과 가족의 인생을 변화시킨 사랑의 힘이었다.

지인의 이야기에 어느 순간 나도 자극을 받았다. 노년에는 좀 더 적극적으로 사랑을 실천해야겠다고 마음먹었다. 이것이 사랑의 나비효과 아니겠는가? 사랑은 보고 듣는 것만으로도 마음의 여유가 생기는 마법을 부린다.

그는 자신이 그린 곡선을 가리키며 '이때는 미래를 향한 두려움에 보이지 않는 곳으로 몸을 숨겼다'고 말했다. 그러나 사랑받고 도움 받고 난 뒤 그는 직선의 길 위에 다시 몸을 꼿꼿이 세웠다. 한 걸음, 한 걸음 발을 내딛을 수 있었다. 이제 그는 세상을 향한 감사의 마음을 이웃에게 표현하며 앞으로 나아가고 있다. 그를 찾아오는 모든 사람에게 따뜻한 밥과 커피를 대접하고 있다. 조건 없는 사랑의 실천이 가져온 기적, 얼마나 멋진가?

민들레 씨앗은 바람에 의해 퍼져나가며 수많은 곳에 뿌려지지만 호수에 무심코 던진 돌은 한 마리 개구리를 죽일 수 있다. 사랑과 미움도 마찬가지다. 사랑의 씨앗은 세상을 아름답게 하는 꽃으로 피어나지만 미움과 배신은 누군가를 죽음의 나락으로 떨어뜨린다.

나이 들어가면서 우리는 '내가 민들레와 같은 존재인지, 호수에 던져진 돌과 같은 존재인지' 끊임없이 돌아본다. 인생은 결국 말이 아닌 행동으로 완성되는 것이 아닌가. 아무리 사랑을 강조한다 해도 실천하지 않으면 소용없다. 곡선 속에 숨은 지인을 세상 밖으로 나오게 한 그 사람처럼 우리도 타자에게 도움이 되는 존재여야 한다. 따뜻한 말 한마디, 정성 어린 식사 한 끼 이웃에게 대접하며 사랑을 실천해야 한다.

지금의 삶에 고난만 있을 뿐 사랑을 찾을 수 없다면 앞서 이야기했던 빅터 프랭클의 말을 떠올려보자.

> '고통을 고통으로만 끝난다면, 남는 것이 없다. 모든 사람이 겪고 있는 고통에 의미를 부여할 때 극복할 수 있는 에너지가 생긴다.'

지인 역시, 곡선이 시간을 보내지 않았다면 진정한 사랑의 의미를 깨닫지 못했을 것이다. 고통 속에서 삶을 포기하고 만다면, 우리는 변화를 경험할 수 없다. 고통 속에서도 사랑을 찾고 나의 진정한 이웃을 찾아 나서야 한다. 그래야 곡선과 직선이 교차하며 만들어내는 아름다운 사랑의 변화를 몸소 체험할 수 있다.

우리 안의 사랑

입춘이 지나자 대자연이 합주를 시작했다. 개나리가 노란색 봄옷을 입고 세상에 나타났고 길가의 나무와 들꽃도 초록색으로 단장했다. 봄의 활기와 변화를 원하는 자연의 목소리가 들리는 듯했다.

자연의 목소리를 들을 수 있다면, 봄날 나무에서는 어떤 소리가 날까? 나무의 질긴 표피를 뚫고 나오려는 새순의 간절한 목소리가 들리지 않을까? 고통 없이 생명은 탄생되지 않는다. 겨우내 땅속 깊이 숨어있던 생명도 몇 번의 처절한 몸부림이 있고 나서야 세상 빛을 본다. 그 거칠고 험난한 여정을 알기에 땅 위로 올라와 봄바람에 떡잎을 흔드는 낯선 생명이 아름다워 보이는 것이다.

냉이는 논두렁과 밭도랑에 똬리를 틀었고 웃자란 쑥도 조만간 향긋한 냄새를 풍기며 사람들에게 손짓할 것이다. 봄날 쑥에 얽힌 추억이 많다. 쑥떡을 만들어 먹는 것을 즐기지만 과정이 복잡해 매번 포기하기 일쑤였다. 그러나 어렵게나마 만들어 먹으면 어떤 떡과도 비교할 수 없을 만큼 맛있었다. 그래서 봄이 되면 늘 쑥떡의 알싸한 맛이 머릿속을 맴돈다. 어머니의 손맛과 이웃 아주머니의 푸짐했던 인심이 투박한 쑥떡에 모두 들어있었다. 종종 가족, 친구, 이웃과 쑥떡을 나눠 먹으며 행복해하던 시절이 떠오른다.

세월이 흘러 쑥떡에 얽힌 사연을 잊고 살았다. 쑥떡 대신 다른 먹을거리로 봄날을 보낸 지 오래다. 그런데 수년 전 한 지인에게서 쑥떡을 선물 받았다. 지방에 계신 지인의 어머니가 만들어왔다고 했다. 좋아하는 떡이고, 고향의 맛이 떠올라 나는 냉큼 선물을 받았다. 평소 만들 엄두조차 못낸 음식이기에 그 어느 선물보다 귀했다. 쑥떡을 먹을 때마다 옛 추억이 떠올랐고 지인의 후한 인심에 감사했다. 무엇보다 지인 어머니의 탁월한 손맛에 감탄했다. 그래서 쑥이 자라는 봄이 되면 늦은 나이에 결혼해 잘 살고 있을 그 지인이 생각난다. 올해도 그녀의 친정어머니는 쑥떡을 한가득 만들어 딸과 사위에게 선물했을지 궁금하다.

살다보면 자연스레 추억의 앨범이 쌓여간다. 추억을 떠올리다 보면 그 중에는 슬픈 일도, 행복한 일도 있다. 사람들은 슬픈 일은 가슴에 묻어 놓고 행복했던 일들만 떠올리려고 한다. 행복했던 추억은 우리를 앞으로 나아가게 만든다. 나는 센터로 상담 온 부부에게 위기가 찾아왔을 때, 과거 좋았던 날들을 떠올리라고 조언한다. 그리고 행복했던 날들을 종이에 항목을 매겨 기록하게 한다. 그 중 몇 가지는 구체적으로 상황을 묘사하고 무엇이 좋았는지, 어떤 점이 행복했는지 적는다.

사랑이 고갈되고, 신뢰마저 땅에 떨어진 부부는 억울했던 일들만 생각한다. 그렇게 되면 부부 사이를 회복할 길이 없어진다. 그러나 나를 웃게 했던 날들은 부부에게 화해의 마중물이 된다. 부부 사이에 생긴 위기로 힘들다면 행복했던 지난날을 떠올려 보라. 이를 일기장이나 노트에 기록해 보는 것도 좋다. 함께해서 행복했던 장소, 나를 칭찬하며 위로했던 말들이 있을 것이다. 구체적으로 적어가다 보면 위기를 극복해야 할 이유를 깨닫게 된다.

남녀관계도 시대 변화 속에서 많은 부분 달라졌다. 예전에는 '여자는 사랑을 먹고 살며, 남자는 일에 산다'라는 말이 있었다. 이제는 사랑보다 일에 몰두하는 여성이 많아졌다. 전문직 여성은 일을 향한 성취감으로 연애도, 결혼도 미루거나 하지 않기도 한다. 또한 남자들 중에도 일보다 사랑을 더 중요시 하는 이들이 있다. 고정관념에 사로잡혀 세상을 바라볼 필요는 없는 것이다. 그러나 수많은 변화 속에서도 한 가지 변하지 않는 사실은 모든 사람이 사랑을 원한다는 것이다. 사랑이 부족하면, 내 삶은 마른 나무처럼 먼지만 날린다. 우리 모두 냇가에 핀 버드나무처럼 삶이 풍성하고 싱싱하기를 바란다.

우리는 봄을 통해 사랑의 신비를 체험한다. 봄은 누군가에게 받았던 사랑을 온몸으로 내뿜는다. 하나의 생명을 키우기 위해 대지는 지난 가을 땅에 떨어졌던 낙엽을 거름으로 쓴다. 스스로 옥토를 만들며 많은 생명체와 영양을 나눈다. 그렇게 사랑은 순환된다. 우리가 어머니, 아버지에게 받았던 사랑을 자녀와 손자에게 주었듯 그들 역시 살아가며 사랑을 실천해나갈 것이다. 사랑하고 사랑받는 사람은 표정부터 다르다. 그들은 얼굴에서 웃음이 떠나지 않고 긍정적인 생각으로 지금 이 순간을 살아간다.

아무리 아름다운 명화도 예술가의 사랑이, 관객의 따뜻한 시선이 없으면 그저 하나의 이미지에 불과하다. 그러나 울퉁불퉁 못생긴 쑥떡도 어머니의 사랑이, 이웃의 인심이 담겨있다면 향기 가득한 명품 음식이 된다. 삶이 허기질 때 누군가가 전해준 쑥떡이 귀한 양식이 되는 것처럼.

결국 세상 모든 것은 사랑으로 귀결된다. 살면 살수록, 노년으로 치달으면 치달을수록 돈도, 명예도 사랑 앞에서는 아주 작은 한 부분에 지나지 않는다는 것을 깨닫는다. 그렇다면 우리 안의 사랑을 꺼내놓기 위해 어떻게 해야 할까? 만약 마음에 가시가 있다면 사랑은 피어나지 못한다. 가시를 없앤 뒤 생명의 씨앗을 뿌릴 때 비로소 사랑의 에너지가 생긴다. 그러니 올봄에는 마음껏 사랑하자. 내 이웃을, 친구를, 가족을 소중히 여기며 '사랑한다'고 말해주자.

남편과 함께 공원을 거닐며 폭포수처럼 뿜어져 나오는 봄의 함성에 귀 기울인다. 오랜만에 남편의 팔짱을 꼭 낀다. 아이를 키우고 살림을 해나가며 남편과 갈등도 많았고 행복한 일도 많았다. 하지만 이제와 남는 건 험난한 인생을 같이 헤쳐 나갔던 추억뿐이다. 남편이 있어 든든했다. 처음에는 어색해하던 남편이 팔짱 낀 내 손을 살포시 잡아준다. 나의 가장 오랜 벗, 남편과 함께 아름다운 봄날을 즐길 수 있어 행복하다. 이것이 바로 노년에 누릴 수 있는 여유와 사랑 아닐까.

자연 안에서 인생을 배우는 시간, 파릇파릇한 생명이 나를 위로한다. '지치고 힘들 때는 숨 고르는 여유를 가지라고. 더 높이, 더 멀리 뛰어오르려면 잠시 내려놓을 수 있어야 한다고.' 자연 속에서 편히 쉬고 있는 남편과 내가 더욱 돈독해지는 것을 보니 자연이 건네는 위로가 맞는 말인 듯하다.

어떻게 사랑해야 하는가?

'당신은 일하기 위해 삽니까? 살기 위해 일합니까?'

누군가 묻는다면 고개를 갸우뚱 할지 모른다. '알이 먼저인가? 병아리가 먼저인가?'라는 식의 이상한 질문처럼 여겨지며 어떻게 답해야 할지 혼란스러울 수 있다. 그러나 이 질문에 대한 답은 우리 삶에 분명히 제시돼 있다. 우리는 일과 삶을 이분법적으로 분리해놓을 수 없다. 그러니 '일하기 위해 살고 살기 위해 일한다'고 답하면 된다.

살아가며 나의 정체성을 규정짓는 핵심 요소가 있다. 일, 사랑, 인간관계 이 세 가지가 서로 맞물리며 내 삶을 만들어나간다. 세 가지 요소가 원활하게 화학작용을 일으킬 때도 있지만 어떤 순간에는 삐거덕거리며 빗나가기도 한다. 그러나 완전히 분리돼 서로에게서 벗어나지는 않는다.

가끔 일과 삶을 분리해 말하는 이들을 본다. 이는 워라밸과 다른 개념으로 그들은 일을 그저 돈벌이의 수단으로만 여긴다. 일이 돈벌이의 수단은 맞다. 그렇지만 그저 그런 개념으로만 생각한다면 삶은 황폐해지고 말 것이다. 일상의 많은 부분을 차지하는 일을 즐기고, 나아가 사랑해야 활기찬 일상을 살 수 있다. 일을 사랑한다는 것은 다른 말로 '나를 사랑한다'는 뜻이다. 그렇다고 워커홀릭이 되라는 말은 아니다. 앞서 이야기했듯 자신의 일에 자부심을 가지는 것과 워커홀릭은 다르다.

열정적으로 일했다면, 쉼도 반드시 필요하다. 쉼은 열심히 일한 자에게 주어지는 보상이며 다시 일하기 위한 재충전의 시간이다. 쉬면서 우리는 창의적인 사고를 할 수 있고 깊은 사색에 빠져들며 자신만의 세계를 구축해나갈 수 있다.

사람은 일과 사랑을 통해 존재감을 느낀다. 열심히 일하며 이웃과 만나고 함께 살아가는 방법을 배운다. 필요한 소득도 얻고 여유가 생기면 소득의 일부를 나누기도 한다. 가족, 이웃, 연인과 주고받는 사랑은 사람이 가진 기본적인 욕구에 만족감을 선사한다. 사람이 사람답게 살 수 있는 에너지를 공급하고 품위 있는 인성을 만들어준다. 그러나 사랑은 우리에게 불행도 남긴다. 수많은 만남과 이별 속에서 우리는 어떻게 관계 맺고 어떤 자세로 일해야 하는지 사유해야 한다.

세계적인 기업인 이나모리 가즈오는 『왜 리더인가』라는 자신의 저서에서 '철학 없는 사람과는 함께 일하지 않는다'고 말한다. 그는 철학이 곧 삶을 좌우하기 때문에 올바른 철학을 가졌다면 살아갈 이유를 아는 사람이라고 했다. '인간의 본능을 그대로 방치하기에는 너무 충동적이고 이기적이어서 마음을 잘 다스려야 한다'고도 했다. 즉 리더의 마음에 따라 좋은 경영이나 나쁜 경영이 이루어진다는 것이다. 알차게 살고 싶고, 후회 없이 늙고 싶다면, 우리는 일상을 돌아본 뒤 나 자신에게 물어야 한다.

'나는 철학을 가지고 일하는가?'

물론 삶의 철학, 일에 관한 철학은 하루아침에 만들어지지 않는다. 철학을 가지려면 자신의 내면을 바라보는 시간이 반드시 필요하다. 잠자기 전 하루를 돌아보며 자신이 가장 가치 있게 여기는 것은 무엇인지, 그 가치가 어디에서 나왔는지 생각해보자. 처음에는 사색의 시간이 힘들 수 있지만 하루 10~20분 습관을 만들어가다 보면 자연스럽게 사색의 시간에 빠져든다.

모든 사람은 행복하기를 원하며, 행복할 권리가 있다. 그렇기 때문에 자기 자신을 행복하게 하는 것은 스스로에 대한 예의다. 나만의 가치관을 만들어 일을 사랑하고, 이웃을 사랑하고 궁극적으로 내 삶을 사랑하려면 마음을 다스리는 것이 중요하다. 스스로를 너무 억누르기보다 가끔은 위로하고, 자유롭게 풀어주는 시간을 가져보자. 조급해하며 내 안의 모든 것을 쥐어짜지는 말자. 여유를 가지고 살아간다고 해서 잘못될 것은 없다.

그런 의미에서 일 말고 다른 취미생활을 즐기는 것도 좋은 계획이다. 적은 돈을 들여 가볍게 할 수 있는 취미생활을 해나간다면 스트레스가 해소되고 몸과 마음이 튼튼해지는 계기도 마련된다.

좋은 환경이 행복을 만든다

우리는 좋은 사람과 어울리며 살아가기를 바란다. 그들이 내 삶에 선한 영향력을 끼치고 풍요로움을 선사해주기를 기대한다. 하지만 바라기 전에 먼저 짚어봐야 할 것이 있다. 우리는 좋은 사람들과 어울릴 수 있는 환경이 갖춰져 있는가?

독일의 저명한 컨설턴트 도리스 메르틴은 저서『아비투스Habitus』에서 '인간의 인격을 결정하는 7가지 자본'에 관해 설명한다. '아비투스Habitus'는 '가지다. 보유하다. 간직하다'라는 뜻으로 라틴어 동사 'habere'에서 파생했으며 만족스러운 인생을 살려면 좋은 아비투스가 필요하다고 주장한다. 이는 구체적으로 심리자본, 문화자본, 지식자본, 경제자본, 신체자본, 언어자본, 사회자본이다. 프랑스 사회학자 부르디외가 처음 제시한 이론이기도 한데 그는 '우리가 어떤 가치관, 선호, 취향, 행동 방식, 습관으로 세상을 맞이하느냐는 아비투스에 달렸다'고 말했다. 우리가 무엇을 결정하느냐 역시 살아온 환경과 관계 안에서 선택된다는 뜻이다.

'부자가 되길 원한다면 부자의 줄에 서라'는 말이 있다. 결국 가까이에서 보고 들은 것이 자신의 비전과 습관을 만든다. 보는 것은 비전이 되고 욕망이 된다. 그러니 자녀가, 혹은 노년을 향해 가는 내가, 탁월한 아비투스를 가지려면 좋은 것을 많이 보고 다양한 경험을 하며 살아가야 한다. 아비투스의 힘을 안다면 돈보다 가치를 중시하고 올바른 세계관을 추구하며 살아갈 수 있다.

그렇다면 지금의 환경에서 벗어나 좋은 사람을 만나려면 어떻게 해야 할까? 우선 내가 좋은 사람이 되어야 한다. 옳고 그름을 분별해 옳은 일에는 과감히 뛰어들어야 한다. 그렇게 도전과 선행을 계속해나간다면 환경은 조금씩 변할 것이다. 내가 바른 습관을 가지고 능동적으로 살아가야 다음 세대에게도 긍정적인 영향을 미친다. 흔히 '자녀는 부모의 뒷모습을 보며 성장한다'고 한다. 우리는 다음 세대에게 훈계보다 본을 보여야 하며, 좋은 사람과 함께 살아갈 수 있도록 관계 형성의 기틀을 마련해주어야 한다.

자신이 가진 아비투스를 뛰어넘어야 더 나은 세계로 나아갈 수 있지만 사실 말처럼 쉽지 않다. 강한 문화적 자극이 있을 때 비로소 지금 내가 가진 아비투스를 뛰어넘을 의지가 생긴다. 그러니 금수저가 아니더라도 기회가 있을 때마다 고급문화를 많이 경험하기를 권한다. 우리는 좋은 문화 속에서 삶의 즐거움을 배우고 가치를 느낀다.

또한 선행으로 '함께 사는 세상의 따뜻함'을 깨달아야 한다. 주기적으로 봉사를 가거나 사회에 좋은 영향을 미칠 일들을 꾸준히 실천해나간다면 좋을 것이다. 더 나은 환경에서 선한 사람들과 살며 행복과 즐거움을 느끼는 일은 나를 사랑하는 최상의 방법이다.

우리는 매 순간 많은 선택을 한다. 그리고 수많은 선택이 지금의 나를 있게 했다. 앞으로 더 나은 선택을 하려면 내가 현명한 선택을 했는지, 어리석은 선택을 했는지 돌아볼 필요가 있다. 나 자신에게 물어보자.

'내가 서 있는 자리는 좋은 아비투스를 만들어 줄 수 있는가?'

삶의 가치를 깨닫게 해주는 봄날의 기적

몇 년 전 동지가 막 지났을 무렵이다. 운전하면서 도로에 즐비한 나무를 보았다. 앙상하게 마른 나뭇가지에서 서늘한 기운이 느껴졌다. 매년 겨울을 보내는 데도 세상을 뒤덮은 추위와 고요는 낯설다. 영원히 봄이 오지 않을 것 같은 불길한 예감마저 들게 한다. 물론 괜한 노파심이고 불안감이라는 것을 안다. 아무리 혹독한 추위가 있어도 어느 순간 봄은 온다.

겨울이 가고 봄이 오면 언제 그랬냐는 듯 산과 들에 개나리, 민들레, 벚꽃이 피어오른다. 겨울 추위 속에서도 자연은 아름다운 작품을 만들어낼 준비를 해온 것이다. 그리고 겨울에서 봄으로 넘어가는 극적 반전은 고단한 삶에 많은 것을 깨닫게 해준다. 겨울이 지나야 봄이 온다는 점, 추위를 겪고 난 생명은 더욱 강인하고 아름답다는 점

말이다. 하지만 삶이 겨울 속에 머물 때 우리는 생명이 움트는 소리를 듣지 못한다. 영영 봄이 오지 않는 건 아닌지 불안해하다 크게 좌절하기도 한다. 내 삶이 혹독한 추위 속에 영원히 머물지 모른다는 생각에 그 누구도, 결국 나 자신조차도 사랑하지 못한다.

겨울이 지나고 봄이 왔지만 우리 집 베란다에는 큰 일이 생겼다. 화분에 심어놓은 꽃나무 몇 그루가 추위를 못 견디고 얼어버렸다. 새싹이 움틀 시기가 지났지만 소식이 없다. '일찍 거실에 들여놓을 걸' 나 자신을 탓하며 많은 것을 후회했다. 추위에 강하다고 해 크게 관심을 두지 않은 것이 문제였다. 세심히 돌봤다면 비참한 최후는 없었을 텐데 말이다. 추위에 약하다는 선인장만 천장을 찌를 듯 자라고 있었다. 혹독한 추위를 꿋꿋이 이겨낸 뒤 예쁘게 꽃을 피운 선인장이 고마웠다. '선인장이 죽고 꽃나무는 살지 않을까' 막연히 생각했는데 예상은 빗나갔다.

며칠 있으면 개구리가 겨울잠에서 깨어난다는 경칩이었다. 개구리뿐이겠는가! 언 땅이 녹고 봄바람이 불기 시작하면 겨울잠을 자던 온갖 생물이 일어날 것이다. 자연의 순리는 우리를 실망시키지 않는다. 피부에 스치는 봄바람이 포근해 기분이 상쾌하고 코끝에 닿은 흙 내음에 마음이 설렌다. 따뜻한 공기에 아이처럼 폴짝 뛰어오르고 싶다.

'인생에도 봄은 오는가?'

묻는다면 나는 자신 있게 답해줄 것이다.

'추위 속에서도 절망하지 않고 묵묵히 앞으로 나아간다면, 봄은 당신이 원치 않아도 오고야 맙니다.'

우리 삶에 어둠이 깊고 길수록 더욱 간절히 봄을 기다린다. 그러나 어둠 속에서 빛을 보고 나 자신을 사랑한다면, 아무리 혹독한 추위라고 해도 내 삶을 파멸시키지 못한다. 추위에 약한 선인장이 강인한 생명력으로 겨울을 지나 봄을 맞이했듯이 말이다. 우리 집에 올 때만 해도 손바닥만 했던 선인장은 이제 내 키보다 더 커졌다. 단단해진 줄기와 잎은 선인장이 앞으로도 싱싱할 것임을 보여준다. 나는 선인장을 보며 사랑은 강인함에서 나온다는 것을 깨닫는다. 수많은 고난과 역경을 뛰어넘는 강인함이 있을 때 우리는 사랑을 실천할 수 있다.

자연은 우리를 철학하게 만든다. 때로는 몇 권의 철학서를 읽기보다 화단에 핀 작은 꽃을 들여다보며 더 많은 것을 깨닫는다. 내가 베란다에 작은 화단을 만들어 가꾸는 것도 일상 안에서 철학하고 사유하기 위해서다. 자연의 원리를 보며 나는 자연과 인간이 하나임을 알고 교만하게 살아서는 안 된다는 것을 느낀다.

그러기에 봄은 철학자와 시인들의 휴식처가 된다. 움츠린 어깨와 마음을 활짝 열고, 하늘을 향해 두 팔을 벌리며 마음의 도화지를 펼치자. 도화지에 봄이 주는 생명의 철학을 써내려가면서 말이다. 무명의 철학자는 질문한다. '생명은 무엇인가? 어디에서 오는가? 생명은 왜 위대한가?' 끈질기게 물으며 삶의 의미를 찾아간다.

봄은 우리 안에 생명이 있고 사랑이 있음을 오감으로 느끼게 한다. 이미 죽은 것 같은 가지에서 새싹이 움트고 꽃이 피는 것을 보며 우리는 기적을 경험한다.

사랑을 담는 그릇이 되자

태교가 중요하다는 사실은 이미 여러 실험에서 증명됐다. 우리는 10개월 동안 어머니와 한 몸이 돼 살아가며 탯줄로 영양을 공급받고 어머니와 일상을 함께한다. 저음을 잘 듣는 태아는 어머니 뿐 아니라 아버지 목소리에도 큰 영향을 받는다. 신학자 코메니우스는 인간의 교육을 '요람에서 무덤까지'로 정의했다. 우리는 죽을 때까지 배운다. 그래서 아이를 가졌을 때 부부의 일상은 태중에 있는 아기와 긴밀히 연결된다. 부부관계가 원만했다면 아이는 정서적으로 안정되겠지만 원만치 못했다면 치명적인 영향을 끼칠 수 있다.

노년이 되어간다는 것은 타인의 마음을 이해하고 나아가 다음 세대를 살피는 과정이다. 그러니 어른은 미래의 희망인 아이들이 행복하게 자랄 수 있도록 돌봐야 한다. 아이가 어떤 환경에서 자라는지 세심히 살피고 더 나은 환경을 조성해주어야 한다. 만약 아이가 가정 안에서 힘들어한다면 부모나 가족이 아니더라도 아이의 마음을 따사로이 어루만지고 보듬어줘야 한다.

우리 마음에는 사랑과 미움이라는 두 개의 그릇이 있다. 사랑의 그릇에 긍정적인 감정이 가득 찬 사람은 자신감이 넘치며 타자에게 사랑을 전하는 여유가 있다. 그러나 사랑의 그릇이 텅 비어있고 미움의 그릇에 부정적인 감정만 가득 찼다면 그는 늘 굶주린다. 무슨 일을 해도 마음이 헛헛하고 쓸쓸하다. 사람을 대할 때 지나치게 차갑거나 집착할 수 있으며 조절하지 못하는 감정으로 인해 점차 병들어간다.

사랑받지 못한 자녀는 성장과정에서 여러 문제를 드러낸다. 부모의 관심을 끌기 위해 싫어하는 행동을 일부러 하지만 부모는 자녀의 마음을 헤아리지 못하고 체벌하면서 서로 상처만 깊어진다. 성장기 아이들은 깨지기 쉬운 질그릇과 같다. 주위 환경이 다툼으로 가득하다면 미움 속에서 힘들어하게 된다. 나 자신과 다음 세대를 위해 사랑 가득한 환경을 만들어보자.

사랑을 표현하는 가장 좋은 방식은 상대가 원하는 방식을 알아차리는 것이다. 『남성을 위한 5가지 사랑의 언어』에서 저자 게리 채프먼은 사람은 저마다 사랑의 언어를 가지고 있다고 말한다. 그리고 자신만의 사랑의 언어를 통해 애정과 헌신을 표현한다. 사랑의 언어는 때론 상대를 미소 짓게 하고 때론 진실한 사랑을 받고 있다고 확신하게 만든다. 그렇다면 사랑의 언어를 어떻게 구사해야 할까.

첫째, 인정하는 말을 하라. 상대의 장점을 구체적으로 짚어주며 자존감을 높여주는 것이다.

둘째, 함께하는 시간을 가져라. 같이 취미생활을 하는 등 교감하고 교류하는 활동으로 사랑을 느낄 수 있다.

셋째, 선물하라. 언어로 사랑을 표현하는 것도 좋지만 가끔은 작은 선물로 마음을 전하는 것이다.

넷째, 봉사하라. 상대를 향한 헌신은 감동을 전하기 마련이다. 맛있는 요리를 해주거나 정리정돈을 해주는 등 대가 없는 봉사로 사랑을 표현할 수 있다.

다섯째, 스킨십으로 친밀감을 표현하라. 우리는 신체적 접촉을 통해 애정을 느낀다. 사랑하는 이의 손을 따뜻하게 잡아주고 안아주는 것이 일상이 되면 좋다.

우리가 사용하는 사랑의 언어는 성장하며 터득한 것일 수도 있고 부모에게 보고 배운 것일 수도 있다. 사랑을 표현하는 것도 기술이기 때문에 끊임없이 배우며 상대의 마음을 살펴야 한다. 누구나 사랑하고 사랑받기를 원한다. 사랑 안에 있을 때 우리는 안정감을 얻는다. 만약 사랑 때문에 방황한다면 내 안에서 근원적인 사랑을 찾아보

자. 그리고 내가 먼저 누군가를 사랑하도록 노력하자. 친구, 동료, 배우자, 가족에게 적절한 사랑의 언어를 건네는 것이다. 처음에는 어색해도 이내 마음이 충만해질 수 있다. 충만해진 사랑이 나를 지키고, 마음의 평안을 가져다줄 것이다.

행복하기 위해 노력하고 있나요?

아리스토텔레스는 '행복은 쾌락과 도덕 사이의 균형을 잃지 않는데서 온다'고 했다. 인간은 사회적 존재로 혼자서 살아가기 어렵다. 도덕과 쾌락을 보완적 존재로 여기며 그 사이에서 중심을 잡고 살아갈 때 우리는 행복을 얻는다. 어느 한쪽으로 치우친다면 타락하거나 삶이 무미건조해질 수 있다. 일상을 즐기되 책임 있는 절제를 해야 만족감을 얻는다. 그런 의미에서 행복과 균형은 함께한다.

우리는 마음이 편하고 일상이 만족스러울 때 '행복하다'고 표현한다. 행복은 생각이 아닌 감정의 언어이다. 고대 그리스 에피쿠로스 학파는 절대적인 행복을 추구했다. 그들은 '완벽하게 행복한 것이 삶의 목적'이라고 정의 내렸다. 그러나 세상 어디를 찾아봐도 흠집 하나 없이 완벽한 것은 없다. 세상 모든 사람이 변하며 이는 자연도, 우주도 마찬가지다. 그리고 끊임없는 변화 속에서 불필요한 것들은 변형되거나 없어진다.

미래를 향한 긴장과 불안에 시달리는 우리는 행복을 위한 근육을 만들어야 한다. 행복은 경험해본 사람만이 누릴 수 있다. 작은 일에도 감사하다고 느끼면 '행복 불충분 조건'에서도 만족할 수 있다. 그러나 욕망의 늪에 빠졌다면 풍요로운 환경 안에 머물러도 불행하기 쉽다.

주위를 둘러보자. 돈, 명예, 쾌락을 얻기 위한 갖가지 수단이 우리를 유혹하며 원하는 욕망을 성취하면 행복할 수 있을 거라고 착각하게 만든다. 하지만 그것은 내 안에서 일어난 욕망이 아닌, 타자의 욕망일 따름이다. 인간관계의 수많은 갈등이 비교에서 생겨난다. 남과 나를 비교하며 불행하다고 느낀다. 나보다 남이 더 좋은 것, 더 나은 환경을 가졌다며 부러워하면 결국 불편해지고 만다.

에피쿠로스학파는 '우리에게 필요한 것은 대부분 근본이 없다. 터무니없는 생각에서 나온 허상에 불과하다. 그러나 인간은 그 허상에 많은 시간과 에너지를 쓴다. 심지어 허상을 쫓다가 두려움, 불만족, 불안, 뭔가를 놓친 듯한 낯선 감정을 얻는다'고 했다. 허상을 쫓다 우리는 욕망의 노예로 살아간다.

우리에게 주어진 백 년 남짓한 시간 속에 불필요한 욕구를 가득 담고 싶은가? 지나친 욕망은 환상을 낳고 환상은 허상으로 끝난다. 그러니 내가 허상을 바라는지, 행복을 바라는지 확인해야 한다. 우리는 보이는 세계와 보이지 않는 세계가 공존하는 지구에 산다. 지구에는 눈으로 볼 수 있는 것도 있지만 보이지 않는 영적 세계도 있다. 마음을 예로 들어보자. 마음은 보이지 않기 때문에 우리는 그저 상대의 행동과 표정으로 이를 헤아린다. 바람은 또 어떠한가? 우리는 흔들리는 나뭇가지를 보며 바람의 방향을 살필 뿐이다. 거대한 우주 안에서 일어나는 일을 인간이 어찌 다 알겠는가. 아무리 과학이 발달해도 논리적으로 설명할 수 없는 기이한 현상이 있다.

우리는 지구와 우주 안에서 벌어지는 모든 현상을 이해할 수 없지만 평화로운 일상을 누린다. 우주에서 어떤 변화가 일어날지, 그 변화가 지구와 인류에 어떤 영향을 미칠지 모르는데도 말이다. 신비롭지 않은가? 거대한 우주 속 아주 작은 지구 안에서 일상을 누리며 살아간다는 사실이. 그러나 우주의 신비를 직접 체험하며 사는 우리는 바로 앞의 미래를 떠올리며 늘 불안해한다. 미래에 대한 불안이 있는 한 에피쿠로스학파가 추구하는 '완벽한 행복'은 구현될 수 없다. 불안과 걱정을 떨쳐낼 때 우리는 비로소 행복을 설계할 수 있다.

행복은 믿음으로 끌어당겨야 한다. 좋은 일이 있을 거라는 믿음. 만약 부자가 되고 싶다면 긍정적으로 미래를 떠올리되 구체적인 행동방안을 생각해야 한다. 독서와 경험을 바탕으로 계획을 세우고 이를 행동으로 옮기지 않으면 기적은 일어나지 않는다.

물론 원하는 결과를 얻는 과정이 어려울 수 있다. 수많은 시행착오 속에서 때론 시궁창에 빠져 갈 길을 잃기도 할 것이다. 쉽게 얻어지는 것은 없다. 행복 역시 부단히 노력해야 얻는다.

행복을 얻기 위한 구체적인 계획을 세우려면 우선 나 자신을 분석해야 한다. 내가 원치 않지만 품어야 하는 대상은 누구이며, 무엇일까? 버릴 것과 취해야 할 것은 무엇인가? 원만한 관계는 행복을 위한 바탕이 된다. 모든 사람과 좋은 관계를 가질 이유는 없지만 그렇다고 미워할 이유도 없다. 나와 마음이 맞지 않아도 눈 마주치며 인사 나눌 정도는 되지 않겠는가? 행복은 현실을 냉정히 바라볼 때 누릴 수 있다.

흔히 하는 말처럼 행복도 불행도 마음먹기에 달렸다. 살아가며 만나는 다양한 사람과 늘 싸울 수는 없다. 삶의 긴장과 지나친 욕심을 내려놓고 미래를 향한 불안에서 벗어난다면 우리는 얼마든지 행복할 수 있다.

꽃바람으로도 때리기 아깝다

벌써 이십 년 전이다. 『꽃으로도 때리지 말라』는 배우 김혜자가 쓴 책을 읽고 우리가 아이들에게 가장 먼저 물려주어야 할 것은 물질적 풍요나 고도의 지성이 아닌 사랑임을 깨달았다. 인간은 누구나 존엄하다. 그러나 이 책에는 가난한 나라에서 태어나 비참하게 살아가는 아이들이 있었다. 아이들은 의료 혜택은 물론 기본적인 교육조차 받지 못했고 깨끗한 물 한 모금 마실 수 없었다. 그들은 '꽃으로도 때리기 아까운 사랑스러운 존재'였지만 무능력한 정치인의 책임감 없는 행보와 종교적인 문제로 희생되고 있었다.

폭력에 시달리는 아이들은 책에서나 볼 수 있는 먼 나라 이야기가 아니다. 우리 사회를 조금만 관심 있게 들여다봐도 가정폭력과 학대에 시달리는 아이들이 있음을 알 수 있다. 소셜 네트워크와 인터넷

이 발달한 정보화 시대를 살아가며 수면 아래 잠들어있던 가족 문제가 밖으로 드러나기 시작한 것이다. 서로 보호하고 사랑해야 하는 가족이라는 울타리 안에서 오히려 상처받고 아파하는 아이들이 있다.

혈연관계에 관대한 한국 사회는 가정 폭력을 심각한 범죄로 인식하지 못하는 경우가 많다. 남의 가정사에 관여하는 것은 예의가 아니라는 사회적 인식이 강하게 깔려 있다. 그래서 가정폭력이 눈앞에서 이뤄져도 "내가 내 아이를 때리는 데 당신이 무슨 상관이냐"며 되레 화내는 경우가 많다. 그렇다 보니 아무 죄책감 없이 폭력과 폭언을 아이들에게 휘두르곤 한다. 일상에서 수시로 가해지는 폭력은 아이들의 몸과 마음을 멍들게 만든다. 아이들을 하나의 인격체가 아닌 소유물로 여긴다면 폭력은 계속될 것이다.

가정폭력은 남의 일이 아니다. 가정폭력으로 우리 사회가 마땅히 보호해야 할 소중한 아이들이 다치고 있음을 깨달아야 한다. 아이는 자신을 방치한 세상을 향해 복수의 칼날을 갈며 어두운 구석에서 움츠린 채 울고 있다. 아이뿐 아니라 가정에서 일어나는 폭력으로 누구도 희생당해선 안 된다. 폭력은 폭력을 낳는다. 가정폭력을 당하며 성장한 아이는 어른이 돼 부모와 같은 행동을 할 수 있다.

육십 평생 살아보니 세상에서 가장 중요한 것은 사랑이다. 사랑이 없으면 폭력이 세상을 지배하고 우리는 힘의 논리대로 움직이게 된다. 인격 존중은 물거품이 돼 불합리와 부조리 속에서 살아가야 한다. 하지만 아이를 사랑으로 품어준다면 아이는 자라나 자신이 배웠던 사랑을 실천한다. 어려운 이웃을 돕고 소외된 지역에 따뜻한 불씨를 전한다. 더 나은 세상, 살기 좋은 세상을 만드는 원동력이 된다.

모든 인간은 존재 자체로 존중받아야 한다. 누구도 나에게 함부로 하게 해서는 안 되며 나는 내가 지킬 수 있어야 한다. 나아가 사랑에 목말라 하는 이들에게 온기를 베풀어야 한다. 꽃으로도 때리기 아깝고, 꽃바람으로도 때리기 아까운 존재가 우리 자신이며 아이들이고 세상 모든 사람이기 때문이다.

TIP

다양한 사랑의 빛깔을 이해하라!

사랑은 숭고하고 아름답지만 한편으로는 힘겨우면서도 고통스럽다. 그러나 우리는 사랑을 말하지 않고 인생을 논할 수 없다. 사람들은 사랑이라는 두 글자 안에서 인생을 배운다.
사랑에도 종류가 있고 저마다의 빛깔이 있다. 다양한 사랑의 종류와 실천방식에 대해 알아보자.

❶ 만약If의 사랑

조건부 사랑으로 '만약 나에게 필요한 것을 채워준다면, 너를 사랑하겠다'는 전제가 깔려 있다. 보편적이나 이기적인 사랑이다. '내가 원하는 것을 채워주지 않으면 사랑할 수 없다'는 의미가 들어있기도 하다. 대부분이 만약의 사랑 때문에 상처를 받는다. 내가 원하는 결과가 없으면 사랑할 수 없기에 늘 마음이 허기져 있다. 무엇을 해도 무미건조하다. 생각했던 조건에 부합되지 않으면 자신과 타인에게 긍정의 에너지보다 냉정한 감정이 전달된다.
선물로 사랑을 느끼는 사람, 봉사하며 사랑을 느끼는 사람, 스킨십을 통해 사랑을 느끼는 사람은 만약의 사랑을 실천하고 있다.

>>
'만약의 사랑'에서 오는 허기짐을 극복하려면?

행복하려면 행복한 생각을 하면 된다. 조건 없이 사랑받기를 원한다면 내가 먼저 조건 없이 사랑해야 한다. 이 단순한 논리를 실천하기 위해 우선 나 자신을 사랑하는 마음이 충만해야 한다. 나의 결핍과 단점을 감싸 안고 더 나은 방향으로 나를 이끄는 것이다. 그렇게 자신을 사랑하다 보면 자연스럽게 조건 없는 사랑이 밖으로, 타자에게로 뻗어나간다.

❷ 때문에Because의 사랑

때문에의 사랑은 과거의 사랑이다. '당신이 선물을 주었기 때문에 사랑한다. 당신이 선물을 주지 않았기 때문에 사랑할 수 없다'는 식의 과거 사건이 사랑의 핵심요건이 된다. 넉넉지 않은 마음으로 상대를 대하기 때문에 사랑받는 대상이 가끔은 치사하다고 느낀다. 세상 모든 일이 인지상정人之常情이라는 논리로 마음을 주고받으며 이기심의 극치를 달린다. 타인의 사랑을 말할 때 우리는 '그 사람이 많은 것을 주었기에 감사하며, 사랑하게 됐다'고 고백한다. 그러나 과거의 사건에 얽매이다 보면 사랑은 더 이상 발전되지 못하고 원망과 미움만 쌓인다. 과거에서 벗어나 미래를 바라보는 사랑을 하자.

>>

'때문에의 사랑'이 주는
과거의 한계에서 벗어나려면?

긍정적인 사람은 큰일도 쉽고 단순하게 해결해나간다. 사랑도 마찬가지다. 긍정적인 시각으로 상대를 바라보면 과거에서 조금씩 벗어나 상대의 강점과 미래 가능성을 깨닫게 된다. 미래를 바라보는 긍정적인 사고는 나와 타자를 행복하게 만들지만 과거에 얽매인 부정적인 사고는 불행의 씨앗을 낳는다. 철학자 조셉 머피는 '좋은 일을 생각하면 좋은 일이 일어나고 나쁜 일을 생각하면 나쁜 일이 일어난다'고 했다. 사랑 가득한 미래를 열려면 긍정적인 사고는 필수다.

③ 그럼에도 불구하고nevertheless의 사랑

그럼에도 불구하고의 사랑은 상대의 수많은 허물을 덮을 수 있는 사랑으로 어떠한 환경에서도 사랑할 수 있는 준비가 되어 있다. 부모의 사랑이 대표적이며 조건을 따지지 않는 최고의 사랑이다. 다르게 신적인 사랑이라고 표현할 수 있다. 물론 부모라고 해도 이기적으로 자식을 사랑할 수 있다. 그러나 대부분은 자신의 본능을 따라 '그럼에도 불구하고'의 사랑을 실천한다. 완벽한 인간은 없고 누구나 허물이 있음을 떠올린다면 우리가 결국 지향해야 할 사랑은 그럼에도 불구하고의 사랑일 것이다.

>>

'그럼에도 불구하고의 사랑'을
실천하려면?

부모의 마음으로 누군가를 사랑하기는 어렵다. 이는 한순간에 이뤄질 수 없으며 부단히 노력해야 가능하다. 그러니 아주 작은 것부터 실천해보는 것이다. 언어가 생각을 지배한다는 사실을 떠올리며 올바른 언어습관을 가져보자. 상대를 축복하는 응원의 메시지를 전하거나 따뜻한 위로의 말을 건네는 것이다. 그런 말 한 마디가 상대에게는 큰 힘이 될 수 있다.

이제는 고전이 된 동화 『아낌없이 주는 나무』를 떠올려보자. 나무는 자신을 찾아오는 친구에게 모든 것을 내어준다. 아이들의 놀이터가 되어주고 쉴 그늘이 되어주며 아낌없는 사랑을 실천한다. 아이들은 성인이 되고 나서도 나무의 헌신을 떠올리며 추억의 장소를 찾는다. 당신의 따뜻한 말 한 마디가 아낌없이 주는 나무와 같은 역할을 할 수 있다.

※ 마스미 토요토미의 『참 사랑은 그 어디에』 (IVP) 참조

당신을 향한 조언, 하나 더

실패는 성공을 위해
근육을 다지는 일일 뿐

노년을 바라보는 모든 이에게 건강한 인생 후반전을 위한 마음가짐부터 시간관리, 돈 관리, 가족과 이웃을 사랑의 방법에 이르기까지 다양한 조언을 건넸다. 큰 용기가 필요하고 꾸준히 노력해야 실현 가능한 이야기라는 것을 잘 안다. 그럼에도 불구하고 '늙어간다'는 말의 무게와 가치를 누구보다 잘 알기에, 이 책을 읽고 무언가를 결심한 독자를 위해, 한 가지 조언을 더한다. 새로운 사실을 깨닫고 어떤 일에 도전했어도 실패할 수 있다. 그러나 '노년에 무슨 도전이야. 괜한 짓을 한 거지'라고 생각하며 쉽게 포기하지 않았으면 좋겠다.

저자 역시 은퇴 이후 상담실을 오픈하면서 실패가 두려웠다. 오랜 시간 준비했는데도 잘 운영해나갈 수 있을지, 시행착오 속에서 크게 좌절하는 것은 아닌지 걱정이 이만저만이 아니었다. 그러나 실패가 두려워 아무 것도 도전하지 않을 수는 없었다. 실패를 두려워하기 보다 상담실 운영에 대한 계획을 보다 구체화하기로 마음먹었다. 그리고 조금씩 계획을 실천해가다 보니 가슴 속에 크게 자리했던 실패를 향한 두려움이 거짓말처럼 사그라지기 시작했다.

한국 사회는 성공 지향적이다. 한 가지 일에 실패하는 순간, 마치 인생 전부를 실패하는 것처럼 치부해버린다. 인생은 잘 만들어 놓은 기차 레일이 아니기 때문에 계획대로 흘러가기 어렵다. 언제든 실패할 수 있다. 우리는 성공과 실패를 번갈아 경험하며 인생을 완성시켜 나간다. 그러므로 성공과 실패는 친구이자 한 몸이다. 그동안 다양한 실패의 철학과 성공 신화를 들어왔을 것이다. 성공한 사람은 '실패는 성공의 어머니'라고 말한다. 물론 지금 수많은 실패를 경험하고 있는 이에게 그 말을 쉽게 전할 수는 없다. 실패는 형언하기 어려운 고난의 시간을 가져다준다. 하지만 아픈 만큼 자신을 돌아보고, 수정할 기회를 준다.

노년에도 다양한 도전을 하며 실패하고 아파할 수 있다. 누군가 '오랜 세월 살아오며 산전수전 다 겪었을 텐데 왜 여전히 아프냐'고 묻는다면 '인간은 죽을 때까지 미완성, 끊임없이 성장하고 성숙해야 하는 것이 숙명이기 때문에 그렇다'고 답해주고 싶다.

태어나 늙어가는 것 또한 누구도 거부할 수 없는 순리가 아니겠는가? 실패도 마찬가지다. 그러니 우리는 실패를 인생의 근육으로 만들어야 한다. 더 오래 달릴 수 있고 넘어져도 훌훌 털고 일어날 수 있는 단단한 근육으로 만들어야 한다. 그래서 저자가 살면서 깨달은 '실패를 성공의 발판으로 삼는 팁'을 짧게나마 제시한다.

첫째, 작은 성공을 경험할 수 있게 소소한 계획을 세우자.

하루 10분 영어공부, 일기쓰기, 가족에게 봉사하기 등 일상에서 쉽게 실천할 수 있는 목표를 세우는 것이다. 이를 통해 성공의 작은 근육을 만들 수 있다. 이루기 어려운 무거운 계획은 뒤로 하고 지금 실천할 수 있는 일로 나를 이끌자. 실패의 징크스를 버리고 성공의 근육을 만들어나가는 것이다. 그렇게 여러 상황 속에서 조금씩 "나는 성공할 수 있는 사람이야"라는 자신감을 키워야 한다. 작은 성공의 경험은 도파민이라는 신경 호르몬을 만들어 행복과 성취의 기쁨을 누리게 해준다. 행복한 삶은 결국 생각하는 습관에 달렸음을 잊지 말아야겠다.

둘째, 실패를 두려워하지 말자.

몇 년 전부터 '실패를 두려워하지 말고, 하고 싶은 일에 도전하라'라는 메시지를 담은 책이 많이 등장했다. 책속에는 실패를 교훈 삼아 성공한 이들의 이야기가 나온다. 미국 드라마 「실리콘벨리silicon valley」는 '더 많이 실패할수록 가치는 높아진다'는 말로 시작한다. 실패의 본질을 담은 명언이다.

더 성숙한 삶을 위해, 더 발전된 사회를 위해, 우리는 실패를 경험할 필요도 있다. 그렇기 때문에 실패해서 괴로워하는 이에게 어두운 낙인을 찍기보다 '실패하느라 고생했다'는 위로의 말을 건네야 한다. 그러니 이 책을 읽는 당신 역시 어떤 일에 실패했다고 해서 크게 절망하지 않기를. 건강한 실패는 당신의 노년을 단단히 만들어주는 발판이 될 것이다.

셋째, 실패의 원인과 윤리적인 부분을 돌아보라.

실패에도 종류가 있다. 정직과 진실, 성실을 바탕으로 어떤 일에 최선을 다했는데 실패했다면 이는 긍정적인 실패다. 그러나 거짓과 권모술수, 불성실이 낳은 실패는 돌아보고 반성해야 한다. 성공에 집착해 정작 중요한 것을 잊지 않았는지, 내가 도전했던 일이 성장이 아닌 돌이킬 수 없는 타락에 빠져드는 행위는 아니었는지 살피고 문제가 있다면 고쳐야 한다.

넷째, 검증된 실패는 응원해주자.

가족과 지인에게 나의 실패를 알리고 성공을 위한 조언도 얻는 것이다. 이는 나 자신을 격려하는 과정이 된다. 게임하다 졌다면 실패로 여길 수 있다. 그러나 인생은 한 번에 승부가 결정되는 게임이 아니다. 실패해도 우리는 얼마든지 다시 일어설 수 있다. 어린 시절을 떠올려보자. 걸음마를 할 때 수없이 넘어지고 일어서며 홀로서기를 배운다. 노년에 시작한 취미생활, 운동, 직장생활 등에서 작은 실패를 거듭할 수 있겠지만 그렇다고 해서 쉽게 포기하지는 말자. 노년의 우리는 그동안 살아온 연륜을 바탕으로 최선을 다했는데도 실패할 수 있음을 누구보다 잘 안다. 그리고 실패가 결코 끝이 아니란 사실도.

다섯째, 최선을 다하되 타자와 나를 비교하지 말자.

지나친 승부욕은 살아가며 많은 상처를 남긴다. 때론 승리에 집착하며 부정적인 방법을 동원할 수도 있다. 우리는 어떤 일의 승패 여부에서 떠나 스스로를 격려하고 지지할 수 있어야 한다. 성공과 실패, 지고이기는 이분법적 사고에서 벗어나 내가 겪고 있는 사안이 인생에 어떤 의미를 남기는지 살피고 현명하게 대처해야 한다. 객관적인 시각으로 세상을 바라보면 자연스럽게 나의 부족한 부분을 알게 된다. 인생을 성공을 위한 과정이라고 여기기보다 실패를 줄이고, 삶의 지혜는 얻는 과정이라고 여기자.

노년에 새로이 도전하는 일에 성공하려면 우선 건강을 챙기고 다양한 관점, 열린 시각으로 세상을 바라보아야 한다. 어떤 일을 도모하든 우리는 혼자서 일할 수 없다. 서로 돕고 협업해나가며 일을 완성시킨다.

도전의 과정을 나와 타자의 서로 다른 재능을 발견해나가는 일이라고 여기자. 금세 포기하지만 않는다면 기회는 또 온다. 그러니 나이 들었다고 위축되지 말고, 시간을 잘 계획하고, 관리하는 것이 중요하다. 둘러보면 삶의 열정을 불러일으킬 일들은 우리 주변에 충분히 많다.

내 뜻대로 일이 풀리지 않을 때 '실패할수록 가치는 높아진다'는 드라마 대사를 떠올려보자. 실패가 아닌 사기, 불성실, 신뢰에 대한 배반이야말로 실리콘밸리가 가장 배척하는 가치임을 명심하자. 긍정의 실패는 당신을 앞으로 나아가게 만드는 원동력이 될 것이다.

✳

EPILOGUE

당신과 이야기 나누고 싶었던 이 시대 노년의 철학

인생의 시작은 수동적이었다. 부모님에 의해 태어나 사회가 원하는 방향의 인생을 계획했고 타자의 기준에 맞춰 열심히 살아왔다. 그 와중에 좌절도 하고 무언가 이루었다며 큰소리도 쳤다. 그러나 돌이켜보니 정신없이 살았는데도 물질적으로 남는 건 많지 않았다.

육십 평생 살아오며 깨달은 사실은 '인생은 능동적이어야 한다'는 것이었다. 누군가에 의해 인생이 시작됐을지 모르지만 미래를 열어가는 자세만큼은 주도적이고 힘 있어야 했다. 스스로 삶의 생기를 한껏 북돋아야 했다. 시인 사무엘 울만이 쓴 '청춘'이란 시의 한 구절이 생각난다.

청춘이란

두려움을 물리치는 용기,

안이함을 뿌리치는 모험심,

그 탁월한 정신력을 뜻하나니

때로는 스무 살 청년보다

예순 살 노인이 더 청춘일 수 있네

-사무엘 울만의 시 '청춘' 중에서

인생은 나이가 아닌 마음가짐에 따라 달라졌다.

살아가며 얻은 또 다른 깨달음은 물질보다 삶의 가치와 의미를 깨닫는 과정이 더 중요하다는 사실이었다. 삶의 목적은 물질이 있고 없음에 있지 않았다. 성숙한 인격을 만드는 데 있었다. 만약 성숙한 인격을 향해 조금씩 나아가고 있다면 자기 자신에게 '지금까지 잘 살았고 앞으로도 잘 살 것'이라고 칭찬해주면 된다. 나는 요즘 들어 '인생은 늙어가는 것이 아니라 익어가는 것'이라는 트로트 가사가 마음에 와 닿는다. 우리는 지금 시들어가는 것이 아니라 인생의 결실을 맺은 뒤 농익어가고 있는 중이다.

남들에게 크게 내세울 것 없는 인생이었지만 이 책을 통해 그동안 쌓아온 노년의 철학을 함께 나누고 싶었다. 인생 후반부에 우리가 갖춰야 할 마음가짐은 무엇인지, 어떤 지침이 필요한지 이야기 나누고 싶었다. 늙어가는 세상 모든 이에게 도움이 될 만한 조언이기를 바라며 한 줄 한 줄 나의 경험과 사유를 써내려갔다.

나 역시 수십 년을 분주하게 살다 은퇴를 맞이했다. 노년을 생각하며 이런저런 준비를 했지만 막상 은퇴하고 나니 어리석은 부분이 많았다. 은퇴라는 단어가 달갑지 않은 것을 넘어 당혹스럽게 느껴졌다. 그렇다고 현실을 외면할 수 없었다. 지혜롭게 노년을 맞이해야 했다.

젊은 날에는 내가 몸담은 조직의 철학이 곧 나의 철학이었다. 그러나 조직을 떠나는 순간 나는 나만의 철학과 신념을 가져야 했다. 여러모로 생각의 전환이 필요했다. 그래서 나 자신을 들여다보며 내가 가진 신념과 가치관을 정리해나갔다. 나는 평생 교역자로 살며 사람이 얼마나 소중한지 알고 있었다. 그러자 한동안 우울했던 마음이 정리되면서 창업을 준비할 수 있었다. 김포에 작은 심리상담센터를 열었고 인생이 힘들고 척박한 사람들을 만나 그들을 위로하고 앞날을 함께 고민해주었다.

상담은 사유의 폭을 확장시켜주었다. 한 번뿐인 인생, 어떻게 잘 살 수 있을까? 은퇴한 노장의 시선으로 사유하기 시작했다. 우리는 태어나 늙음을 향해 나아간다. 물론 성장하고 정점을 찍은 뒤 기울어지는 데는 저마다의 시간차가 있다. 그러나 삶을 촘촘히 분석해보면 누구나 늙어가며 성숙해져야 함을, 그것이 삶의 공통된 숙

제임을 깨닫게 된다.

글을 쓰고 책을 만드는 일은 쉽지 않았다. 익숙지 않은 작업인데다 수많은 경험과 생각이 한편의 글로 잘 정리되고 표현될 수 있을지 의문이었다. 설레기도 했지만 부담스러운 일이기도 했다. 그럼에도 불구하고, 용기 낼 수 있었던 것은 나의 이야기를 많은 이와 공유하고 싶다는 바람에서였다.

모든 사람은 행복하기를 바라며 불행은 피하고 싶어 한다. 좋은 만남을 통해 내 삶이 발전되고 성장하며 선순환하기를 기대한다. 그러나 앞서 이야기했듯 수동적인 자세로는 기대하는 바를 얻기 어렵다. 소망은 생각을 실천하고 용기 내 도전할 때 이뤄졌다. 좋은 사람을 만나 삶의 따스함을 느끼고 싶다면 내가 먼저 상대에게 좋은 사람이 되어야 했다.

그리고 그런 삶의 태도는 자녀에게로 이어졌다. 자녀는 말이 아닌 행동을 보며 많은 것을 느끼고 배웠다. 그렇기에 노년으로 향하는 우리는 자녀에게 올바른 삶의 가치 보여줄 의무가 있다. 물론 나 역시 아이를 키우고 사회생활을 하며 부족한 부분도, 실수도 많았다. 나이 육십이 넘었지만 여전히 어떻게 나를 사랑하고 가치 있게 살아야 할지 고민한다.

고민 끝에 내린 결론은 매번 같다. '나다운 인생을 살자'이다. 때론 이기적이라고 해도 나를 사랑하고 가치를 높이기 위한 길을 선택하는 것이다. 노년의 성숙함이란 어린아이 같은 순수함으로 나 자신을 진정 사랑하는 일 아닌가. 그리고 그 사랑을 실천하는 법을 배워나가는 것이다.

살아보니 인생은 곡선이었다. 다양한 사건이 연속적으로 일어나며 서로 영향을 주고받았고 리드미컬하게 여러 이야기를 만들어냈다. 오늘 좋다가도 내일 나쁠 수 있었고 지금 행복하다가도 갑자기 불행할 수 있었으며, 가난하다가도 어느 순간 풍족해질 수 있었다. 무엇도 단정 지을 수 없었고 장담할 수 없었다. 그러니 너무 따지지 말고, 계산하지 말고, 바보같이 보여도 마음 편히 살아가는 것이 현명했다.

가정에서는 더욱 그랬다. 행복한 가정을 가꿔나가려면 내 뜻대로 상대를 조정하려는 욕심을 버려야 했다. 남편도, 자식도 나와 다른 인격체임을 인정하고 그들의 의견을 존중해주어야 했다.

젊음은 영원하지 않다. 눈 깜짝할 사이에 세월은 지나 우리는 노년을 맞이한다. 그러니 우리 앞에 당도한 노년을 알차게 보내기 위해 나를 성찰하고, 가족과 이웃을 응원하며 살아가야 한다. 나이 든다는 건 젊은이들이 가지지 못한 경험과 노하우, 정신적 자원을 많이 소유하고 있다는 뜻이다.

백세 시대, 노년이 강조되는 시대에 우리는 산다. 많은 이가 은퇴 이후에도 인생의 축복을 맛보았으면 좋겠다. 하고 싶은 일에 도전하고 열린 마음으로 다양한 세대와 소통하며 멋지게 살아갔으면 좋겠다. 이 시대를 사는 중장년이라면 대부분 저자와 같은 마음일 것이다. 그러려면 책 중간 중간 이야기했듯 무엇보다 건강해야 한다. 몸이 건강해야 마음이 건강하고 마음이 건강해야 몸이 건강하다. 매일 가벼운 스트레칭, 산책 등을 잊지 말고 해야 하며 사유하는 습관을 가져야 한다. 사유라는 것이 알고 보면 거창하지 않다. 일기를 쓰는 것도 사유요, 가벼운 에세이나 자기계발서를 읽고 그에 대해 생각해보는 것도 사유다.

아무쪼록 이 책이 은퇴를 앞두고 있거나 은퇴 후 적적한 마음을 감추지 못하는 이, 나이 들어가는 것이 고민인 모든 세대에게 도움이 되기를 바란다. 인생은 흰 도화지에 그림을 그리는 것과 같다. 은퇴는 시작이며 희망이다. 노년이 마침표가 아닌 느낌표임을 떠올리며 흰 도화지에 밝고 역동적인 그림을 그리기를 기대한다. 그리고 그런 당신을 누구보다 열렬히 응원하겠다.

2023년 어느 봄날

김인숙

나이 듦의 신세계

초판 1쇄 인쇄 2023년 5월 8일
초판 1쇄 발행 2023년 5월 30일

—

글 김인숙

—

발행인 최명희
발행처 (주)퍼시픽 도도

—

회장 이웅현
기획 · 편집 석수영
디자인 김진희
홍보 · 마케팅 강보람
제작 퍼시픽북스

—

출판등록 제 2014-000040호
주소 서울 중구 충무로 29 아시아미디어타워 503호
전자우편 dodo7788@hanmail.net
내용 및 판매 문의 02-739-7656~9

—

ISBN 979-11-91455-76-2(03810)
정가 18,000원